D1865792

Westphalen · Lametta Lasziv

Joseph von Westphalen

Lametta Lasziv

Ein kleiner scharfer Roman

Kein & Aber

Umschlagillustrationen von Pierre Thomé

1. Auflage, Herbst 2001
Alle Rechte vorbehalten
Copyright © 2001 by Kein & Aber AG Zürich
Gestaltung und Satz: www.vonarxgrafik.ch,
Heinz von Arx, Urs Bolz, Zürich
Druck und Bindung: Ebner, Ulm
ISBN 3-0369-5206-3

Inhalt

1. Der seltsame Juwelier

»Noch einmal, bitte noch einmal!« Die Augen des Juweliers wurden eng vor Begierde, seine Tränensäcke strafften sich. Er wusste, Betteln half nichts bei dieser Frau. Bloß nicht flehen, kein Jammerlappen sein. Also bat er, so männlich wie möglich: »Nur noch einmal, bitte.« Er griff in die Innentasche seiner Jacke und nestelte nach einem Geldschein. Einen Hunderter war ihm die Zugabe wert.

Doch sie winkte ab. »Lass den Blauen stecken, ich mach es dir heute umsonst.« Sie nahm alle Kraft zusammen, es fiel ihr nicht leicht, sie mochte es nicht. Sie ekelte sich fast davor. Sie beherrschte es perfekt, aber nicht immer mag man, was man kann.

Es gab Schlimmeres. Sie betrachtete den Juwelier. Ein netter alter Mann, der in Erwartung der Wonne mit offenem Mund atmete. Er sollte seinen Spaß haben. Er kam aus Dresden. 1945 alles zerstört. Der ganze Schmuck aus dem Laden weg. Ein Vermögen verloren. Nur den kleinen Safe hatte er nachher aus den Trümmern bergen können. Mit den Diamanten war er nach Frankfurt am Main gegangen und hatte eine neue Existenz aufgebaut. 1955 hatte er schon den ersten Mercedes verdient. An der sächsischen Heimat hing er noch immer. Es gab nun keine Grenze mehr in Deutschland, aber mit seinen 78 Jahren würde er nicht mehr zurückgehen.

Sie schluckte, holte Luft, brachte Zunge und Unterkiefer in die richtige Position und beugte sich, fast lieblich lächelnd jetzt, zum Juwelier. Dann schloss sie die Augen, dachte an ihren Vater, der auch aus Dresden war und als Offizier der Grenztruppen in Frankfurt an der Oder Dienst getan und dort im März 1965 Lametta gezeugt hatte. Sie hörte seine Stimme. Er sprach so sächsisch, dass ihn seine Soldaten nicht verstanden, seinen Befehlen nicht gehorchten und er nicht befördert wurde. Die Tochter dieses Mannes schürzte nun die Lippen, nahm alle Kraft und alle Erinnerung an die dumpfen Laute der Vatersprache zusammen – und dann sagte dann sie es: »Lameddah Lasziv.« Sächsischer ging es nicht. Der Vater wäre begeistert gewesen.

Mehr war nicht zu tun. Ein Leuchten ging über das Gesicht des Juweliers. Zwei große Tropfen quollen aus seinen Augen. Tatsächlich, er weinte vor Glück. Er küsste ihr die Hände, sie fuhr ihm über den kahlen Kopf und sagte liebevoll, aber jetzt wieder ohne Dialektfärbung: »Mein Dresdner Lustmolch.«

Der Juwelier brauchte nicht mehr. Seit 1993 kam an Weihnachten Lametta ins Haus, Lametta Müller, geboren am 24. Dezember 1965 in Frankfurt an der Oder, nach Auflösung der DDR bald nach Frankfurt am Main gekommen, wo es ihr erst gut, dann weniger gut und schließlich sehr gut ging.

»Wie soll ich bloß ein Jahr lang ohne dich aushalten?« Der Juwelier seufzte. »Ganz einfach, mein Molch, du freust dich auf mich«, sagte Lametta. Sie hatte bereits ihren Mantel an und winkte ihm zu: »Also dann, bis zum nächsten Jahr!« Als sie in der Tür war, drehte sie sich um und sagte noch einmal, so sächsisch wie möglich, was den alte Sachsen so selig machte: »Ich bin und bleibe deine Lameddah Laszіv.« – »Ja!«, schrie der Juwelier heiser, warf ihr einen Ring zu, und Lametta ging. Sie hatte heute noch einiges zu erledigen. Der brüllende Literaturkritiker, der perverse Umweltsteinpilz und der masochistische Brauereibesitzer mussten noch besucht werden.

Sie fuhr mit dem Lift ins Erdgeschoss und ging mit schnellen Schritten zu ihrem Auto. Andere gut verdienende Callgirls fuhren elegante Sportwagen. Wieder andere kleine Jeeps. Es gab Kunden, die zu einer vollen Erektion nur in der Lage waren, wenn sie die Ankunft der Callgirls vom Fenster aus beobachten konnten. Und sie mussten dann aus erregenden Autos steigen. Lametta hatte sich auf solche Sonderwünsche nicht eingelassen. Einen Kunden hatte sie verloren, weil der sie gebeten hatte, mit einem Trabbi vorzufahren. Das waren die Westdeutschen. Sie mussten sich überlegen fühlen.

Das kam für Lametta nicht in Frage. Sie machte manches mit. Man durfte in diesem Gewerbe nicht zimperlich sein. Man musste schon mal das verhasste Sächsisch sprechen, wenn ein Kunde das unbedingt wollte. Aber einen Trabbi fahren, das ging zu weit.

Sie warf ihren kleinen Koffer mit den nötigen Utensilien auf den Rücksitz ihres unauffälligen Golf. Der Wagen war dunkelgrau. Es durfte kein silberner Wagen sein. Nicht, wenn man als Lametta unterwegs war. Man durfte nicht übertreiben. Ferdinand hatte ihr zu diesem Auto geraten. Ferdinand war ihr Freund und Ratgeber. Ihr Retter. Ohne Ferdinand würde sie vermutlich noch heute bei der telefonischen Reiseauskunft der Bundesbahn für Anrufer die günstigsten Verbindungen von Offenbach nach Mannheim und von Bad Homburg nach Zwickau heraussuchen.

2. Der Colonel salutiert

Im Auto sah Lametta erst auf die Uhr, dann auf ihre Kundenliste. Es war erst fünf Uhr nachmittags. Sie war gut in der Zeit und brauchte nicht zu hetzen. Als Nächster war der brüllende Literaturkritiker an der Reihe. Er hatte Temperamentsausbrüche und stampfte dabei immer mit dem Fuß auf. Kein einfacher Kunde, denn er wollte nicht nur etwas von Lametta, Lametta wollte auch etwas von ihm. Sie würde sich konzentrieren müssen. Dann kam der dicke Umweltmann aus Sachsenhausen. Total verdrehter Typ. Sah aus wie ein Steinpilz.

Im vorigen Jahr war um die Zeit der alte britische Colonel mit seinem Expeditionsschnurrbart an der Reihe gewesen. Den alten Gentleman hatte Lametta aus ihrer Kundenkartei gestrichen, denn er war im Laufe des Jahres gestorben. Sie dachte mit gemischten Gefühlen an die Besuche bei ihm zurück. Sie hatte nicht viel müssen.

Der Colonel hatte nach dem Krieg eine deutsche Baronin mit viel Geld geheiratet. Er wohnte in einer alten Villa in Wiesbaden. In der hohen Eingangshalle stand der große Christbaum. Seit seine Frau gestorben und die Erbschaft flüssig geworden war, flohen die längst erwachsenen Söhne und Töchter des Colonels mit ihren Ehehälften oder Geliebten an Weihnachten nach Marokko, Mauritius, auf die Malediven, nach Tasmanien, Tahiti oder Tansania. Die Enkelkinder waren weniger reiselustig, blieben zurück und ließen sich vom englischen Großvater ein deutsches Weihnachten ausrichten.

An den letzten drei Weihnachten war Lametta vom Colonel gerufen worden. Sie hatte gegen halb sechs kommen müssen. Über einen Seiteneingang betrat sie das Haus, ging in den ersten Stock und von dort unbemerkt auf die Galerie über der Eingangshalle. Dort wartete sie auf das Signal – kein kitschiges Weihnachtsgebimmel, sondern ein ungewöhnlicher Sirenenton. Daraufhin griff sie in einen bereitgestellten Sack mit breitem Speziallametta und warf mit vollen Händen den leichten metallischen Flitter in die Halle hinunter, wo er wie silberner Schnee auf Christbaum und Gabentisch liegen blieb. Die Kinder schrien vor Begeisterung. Der Colonel blies erst in eine kleine Trompete. Dann sollte Lametta, so sah es das Protokoll des Colonels vor, langsam und verführerisch wie Rita Hayworth die breite Treppe in die Halle hinunterschlendern. Zu diesem Auftritt beziehungsweise Abgang musste sie eine altmodische, taillierte Fliegerjacke aus braunem Leder tragen, die ihr der Colonel besorgt hatte, ein schickes Stück, das sie auch sonst gern trug. Dazu ertönte eine ungewöhnliche Fassung des bekannten Weihnachtslieds »Stille Nacht, heilige Nacht« im Marschrhythmus, befremdlich anzuhören, aber wenigstens nicht süßlich.

Der Colonel salutierte kurz und sagte zu seinen Enkelkindern: »Da habt ihr eure Bescherung!« Die Kinder machten sich über ihre Geschenke her, befreiten sie von dem Silberschnee und packten sie aus, der Colonel schob

Lametta generös lächelnd Geldscheine in die Tasche der Fliegerjacke, küsste ihr die Hand, sagte »Madame«, salutierte – und Lametta war in fünfzehn Minuten um fünftausend Mark reicher geworden.

Dann hatte sie durch einen dummen Zufall ein Buch über den Zweiten Weltkrieg in die Hände bekommen. In dem Kapitel »Luftkrieg« hatte sie gelesen, dass ihr lieber, netter, lustig mit seinen Enkeln spielender Colonel einer der leidenschaftlichsten Bomberpiloten gewesen war. Er hatte schon damals gut deutsch gesprochen und soll bei jedem Angriff gerufen haben, was er noch heute feurig rief: »Da habt ihr eure Bescherung!« Um die Flugabwehr der Nazis zu stören, wurde unmittelbar vor und während des Angriffs massenhaft Stanniolpapier abgeworfen. Während die hauchdünnen Metallstreifen zu Boden flatterten, konnten die Flugzeuge von den Funkpeilgeräten der Flugabwehr nicht geortet werden und in Ruhe ihre Bomben abwerfen. In den Wäldern um die bombardierten Städte herum lag noch lange nach dem Krieg der Silberschnee der Alliierten.

Es war zwar das abscheuliche Nazideutschland, das damals in Schutt und Asche gelegt wurde, trotzdem fand es Lametta etwas daneben vom Colonel, diese Handlung an Weihnachten symbolhaft nachzuvollziehen und sich dabei in freudige Erregung hineinzusteigern. Sie hatte bei der Erfüllung von normal perversen Sonderwünschen ihrer Kunden selten ernsthafte Bedenken und lebte von dem, was in ihrer DDR-Schulzeit warnend als »dekadente Verfallserscheinungen des Kapitalismus« bezeichnet worden war – sie lebte gern davon und nicht schlecht. Doch dem zynischen Colonel als Handlangerin zu dienen, war ihr anfangs nicht ganz leicht gefallen. Jetzt, wo der gute Mann tot war, dachte sie mit Wehmut an seinen seltsamen Bombentick, der ihr rückblickend weniger geschmacklos als frivol vorkam.

Aber es war vergleichbar lukrativ für Lametta, mit einem Ökostrip einen Grünen heiß zu machen oder sich bequem mit dem Taxi von Frankfurt nach Zürich fahren zu lassen, wo ein Uhrenfabrikant dreißigtausend harte Schweizer Franken bezahlte, wenn sie sich ihm mit Lametta im Schamhaar präsentierte, das ihr zuvor von einem schwulen Haar- beziehungsweise Hairstylisten in einer anderthalbstündigen Sitzung kunstvoll eingeflochten worden war. Ein angenehmer Mensch. Der schwule Schamhaarstylist. Der Uhrenfabrikant auch. Sie ließ sich nicht nur bewundern von ihm. Er durfte mit ihr machen, was er wollte, und er machte es gut.

Der Verkehr in der Frankfurter Innenstadt wurde von Jahr zu Jahr dichter. Sogar am Weihnachtsnachmittag waren die Leute hektisch unterwegs. Lametta sah auf die Uhr. In zwanzig Minuten hatte sie einen Termin beim brüllenden Literaturkritiker. Sie bog von der verstopften Schnellstraße ab. Auf Schleichwegen würde sie ihr Ziel rechtzeitig erreichen.

3. Lamettas Lehrjahre

Eigentlich hieß sie Helga Müller. Weil sie an Weihnachten auf die Welt gekommen war, wurde sie bald Lametta genannt. »Lameddah«, sagte der sächsische Vater. Lametta nennt der neckische Volksmund auch die blinkenden Orden auf der Brust und die glitzernden Rangabzeichen an den Schultern der Soldaten. Der Vater, der nicht befördert worden war und keine Orden besaß, witzelte mit einer für einen Offizier erstaunlichen Selbstironie: »Nu hab ich endlich ooch e Lameddah!« Gut gelaunt hob er das krähende Töchterchen hoch und küsste es.

An ihrem ersten Geburtstag, am 24. Dezember 1966, machte Lametta ihrem Kosenamen alle Ehre. Verwandte aus dem Westen hatten ein Paket geschickt. Über Umwege. Angehörige der Armee durften keine Gaben vom Feind erhalten. Wie immer hatten die Zöllner einige Schätze entnommen. Neben einer Tafel westdeutscher Billigschokolade waren die vier Packungen mit Lametta unberührt geblieben. Das Westlametta hatte eine bessere Qualität als das Ostlametta. Es enthielt Blei. Im Osten waren es, mehr noch als im Westen, der Boden und die Abwässer in den Industriegebieten, die Blei enthielten. Das Ostlametta war leicht, es fiel nicht elegant, es flatterte windig und wenig weihnachtswürdig am Baum. Klein Helga zupfte in unbeobachteten Minuten die kostbaren Silberstreifen aus den Tüten, zerriss und zerbiss und zerknautschte den Flitter und schrie vor Vergnügen. Die Mutter kam, nahm ein paar übrig gebliebene Fäden und peitschte damit dem Kindchen liebevoll auf die Finger.

Helga, genannt Lametta, Müller war ein hübsches Kind. Viele hübsche Kinder verlieren ihre Grazie, wenn sie in die Pubertät kommen. Schon vor dem Erwachsensein werden ihre Figuren plump, und der Zauber verfliegt. Lametta aber verlor ihre gute Figur nicht. Aus ihren langen dünnen Mädchenbeinen wurden lange schlanke Frauenbeine mit eleganten Fesseln. Die elegantesten Fesseln, die es je in Frankfurt an der Oder gegeben hatte. Aber keiner in dieser Stadt bemerkte es. Ob Schultern, ob Po, ob Busen – alles an Lametta Müller war gelungen. Es war eine Schönheit, die nicht ins Auge fiel. Im Westen wäre sie von einem Privatfernsehsender eingestellt worden, um mit eindrucksvoll übereinander geschlagenen Beinen Studiogäste zu empfangen. Im Osten fiel es ihr nicht schwer, Freunde und Liebhaber zu finden. Doch sie alle wussten Lamettas ideale Maße nicht zu schätzen.

Lametta war gänzlich unverklemmt. Sie hatte keine Probleme mit der Lust. Die große Liebe aber kannte und vermisste sie nicht. Vielleicht deswegen. Sie war weder dumm noch klug, verließ mit sechzehn die Schule und ging ins Hotelfach. »Politik interessiert mich einen Scheißdreck«, sagte sie jedem ins Gesicht.

Als sie in einem Ostberliner Nobelhotel das Zimmer eines abgereisten japanischen Geschäftsmanns machte, entdeckte sie, dass in den Luxuszimmern die Möglichkeit bestand, Pornofilme anzuschauen. Sie setzte sich auf die

Bettkante, vergaß ihre Arbeit, sah sich einen an und masturbierte anderthalb Stunden lang. Der Hoteldirektor suchte und ertappte sie, drohte ihr den Rausschmiss an, es sei denn, sie machte mit ihm das, was die Frauen im Film mit den Männern machten.

Lametta öffnete sofort den Hosenstall des jungen Hoteldirektors. Der Mann gefiel ihr, seit sie ihn kannte, und noch mehr gefiel es ihr, ihn weich und gefügig zu machen. Er schloss die Augen und stöhnte wie die Männer im Film. Allerdings sah er besser aus. Er hatte keinen schwammigen rötlichen Oberkörper wie die nonstop fickenden Amimänner im Film. Auch Lametta sah besser aus als die mit hoher Stimme stöhnenden Amifrauen. Ihr Haar war nicht gefärbt, ihre Stimme tiefer, und ihre Locken waren echt. Als sich, enttäuschend temperamentlos, die Ejakulation des Hoteldirektors ankündigte, er sein Sperma, wie die Männer im Film, auf Lametta Müllers Busen spritzte und sie die Sauce, wie die Frauen im Film, andächtiger auf ihrem Dekolleté verstrich als eine teure Antifaltencreme, wurde er, anders als die Männer im Film, rasch kalt und sachlich, erhob sich und sagte: »Los, an die Arbeit!« – »Nicht ehe du mit mir das gemacht hast, was die zwischen den Beinen der Frauen machen«, sagte Lametta zu ihrem erstaunten Liebhaber. Der Ton gefiel ihm, und er gehorchte gern.

Der Hoteldirektor war ein Dummkopf, ein Karrierist. Er liebte Lametta, doch gierte er nicht nur nach ihrem Körper, sondern auch nach der Anerkennung seines Stasimajors, den er mit Informationen beliefern zu müssen glaubte. Bald schon sollte Lametta Westgäste verwöhnen und ihnen Geheimnisse entlocken. Das war sein Plan. Er hatte unterschätzt, dass Lametta der Lust gehorchte und nicht dem Staat, dass sie klug genug war, um den Klassenfeind für ein Gespenst zu halten. »Ich glaube nicht an Gespenster«, sagte sie zum Hoteldirektor, wenn sie mit ihm im Lift stand, griff ihm zwischen die Beine, prüfte die Entwicklung seiner Erektion wie eine erfahrene Ärztin, die kurz des Puls des Patienten fühlt – und sekundenlang kamen dem Hoteldirektor Zweifel an seinem ideologischen Eifer.

Lametta horchte ihre Westgäste nicht aus. Das hätte sie als Verrat an der Liebe empfunden. Sie stopfte die Münder der Männer mit Küssen, ließ sich beschenken, und wenn sie von sich aus berufliche Sorgen und damit kapitalistische Betriebsgeheimnisse zu verraten begannen, flüsterte sie ihnen die Wahrheit ins Ohr: »Hat mein geiler Specht noch nie etwas von den kleinen Mikrofonen gehört, die man Wanzen nennt?«

Als im November 1989 die Mauer geöffnet wurde, bekam der Hoteldirektor vor Schreck keine Erektion mehr zustande. Lametta fuhr jetzt öfter nach Westberlin, ging auf dem Kurfürstendamm spazieren, genierte sich für ihre ostdeutschen Landsleute, weil die so ungehemmt Südfrüchte kauften und in Beuteln mit sich herumschleppten. Sie genierte sich auch, weil sie sich genierte und weil sie die Delikatessen des Westens von ihren Verehrern immer mitgebracht bekommen und keinen Mangel gelitten hatte. Sie freute sich, weil ihre Beine auf dem Kurfürstendamm anders zur Geltung kamen als im alten Ostberlin. Als sie von einem Privatfernsehjungmann angesprochen wurde, ob sie in der Sendung »Das 89er Lifestylefeeling der Neuen Ostberlinerin« auftreten wolle, schlug sie ihm die harte Handtasche ins Gesicht – *made in the USSR*, Moskauer Modell, Mitbringsel des Vaters. »Solche Wichser wie dich«, rief sie dem Schnösel zu, »hat unser System jedenfalls nicht hervorgebracht.«

4. Beim brüllenden Literaturkritiker

Während Lametta ihren dunkelgrauen Golf durch die verstopfte Frankfurter Innenstadt steuerte, freute sie sich auf den brüllenden Literaturkritiker. Die Session würde wie immer unterhaltsam werden. Da piepte ihr neues, türkisgrünes transportables Telefon. Wenn das alberne Gerät, das sie sich erst vor wenigen Wochen zugelegt hatte, sinnvoll war, dann in ihrem Beruf. Es war leider nicht Ferdinand, es war der Literaturkritiker, der jetzt nicht sein vitales Gebrüll ertönen ließ, sondern leise ächzte. Seine Frau war nicht zu bewegen, das Haus zu verlassen und eine Freundin zu besuchen. Er würde Lametta also in einem Hotel treffen müssen. Er nannte eine feudale Adresse. Lametta war verärgert. »Scheiße, bei dem Verkehr«, schimpfte sie, »hätten Sie das nicht früher klären können!«

»Ich bin auch ganz lieb zu dir«, flötete der Literaturkritiker.

»Sie sollen mich siezen«, sagte Lametta, nutzte eine Lücke in der linken Gegenspur und wendete gegen alle Regeln. Die anderen Autos hupten wütend. Ein Polizist pfiff und fuchtelte und forderte sie auf, an den Rand zu fahren. Lametta kurbelte das Fenster herunter und rief ihm zu: »Ich bin Drogenberaterin. Ein Junkie ist am Abnibbeln!« Der Polizist grüßte.

An der Hotelrezeption sagte Lametta, was sie mit dem Literaturkritiker ausgemacht hatte: »Ich bin mit Thomas

Mann verabredet.« Der Herr an der Rezeption verzog keine Miene. Entweder war das Personal vollkommen diskret oder vollkommen verblödet. »Herr Mann erwartet Sie auf Zimmer 1022«, sagte er, »gleich im ersten Stock links«, und Lametta überlegte sich, wie der schöne dunkle Typ reagieren würde, wenn sie sich vorbeugte, ihn küsste, ihm die Zunge in den Mund schöbe, mit einem Arm über den Tresen fasste und ihren Erektionsprüfgriff anwendete.

Der Literaturkritiker sah nur kurz von der Zeitung auf, als sie, ohne anzuklopfen, das 950-Mark-Zimmer betrat. Lametta, die vor kurzem das Abitur nachgemacht hatte und nun mit Literatur ein bisschen Bescheid wusste, sagte: »Ich dachte immer, Thomas Mann bestellt sich Knaben aufs Zimmer. Wie ist der Sinneswandel zu verstehen?«

»Moment noch«, sagte der Literaturkritiker, vertiefte sich in die kiloschwere Weihnachtsliteraturbeilage einer großen Zeitung, schüttelte den Kopf, nahm die kiloschwere Weihnachtsliteraturbeilage einer anderen großen Zeitung zur Hand und verglich hin und her. »Unglaublich!«, sagte er.

Lametta räusperte sich. »Die Zeit läuft«, sagte sie. Das war dem Literaturkritiker egal. Ehe er sich Lametta und der reinen Lust widmete, musste er erst kontrollieren, ob seine Kritiken und Weihnachtsgeschenkbuchtipps von den Redaktionen gekürzt oder entstellt waren und wie die anderen Kritiker die Bücher beurteilten, die er empfohlen oder verworfen hatte; ob sie ihn imitierten, hofierten, plagiierten, parodierten, oder ob sie es riskierten, ihm zu widersprechen. Ferner musste nachgeprüft werden, ob die Verlage seine Donnerworte in ihren Anzeigen gebührend und leider nicht gebührenpflichtig zitierten. Zu Hause konnte er diese Kontrolle nicht durchführen. Jedenfalls nicht in Gegenwart seiner Frau. Sie machte sich lustig über seine Eitelkeit, und das ertrug er nicht. »Erst die Arbeit, dann die Liebe«, sagte er nur. Nach etwa fünf Minuten warf er die Zeitungen zufrieden beiseite. Er war in den großen Literaturbeilagen öfter und mit mehr Respekt erwähnt worden als jeder Autor. Gegenüber dem Vorjahr eine Erwähnungszunahme von fast zwanzig Prozent. Sein Stern war im Steigen. »Jetzt bin ich für dich da«, sagte er zu Lametta.

Sie korrigierte ihn ungeduldig. »Merken Sie es sich endlich: Wir duzen uns nicht! Wenn Sie mich duzen wollen, zahlen Sie das Doppelte. Außerdem bin ich ja wohl eher für Sie da.«

»Grausames Kind«, sagte er und seufzte. Dann öffnete er eine altmodische Aktentasche. »Ziehen Sie sich jetzt bitte aus«, sagte er, während er in einem Haufen von Papieren herumsuchte. Lametta trug ein schwarzes Samtkleid. Sehr kurz, hochgeschlossen, lange Ärmel. Ferdinand mochte es. »Mein Maulwurf«, sagte er, wenn sie es trug. Sie entschlüpfte dem Kleid blitzschnell. Der Literaturkritiker legte auf eine kunstvolle Entkleidung keinen Wert. Er suchte noch immer in seinen Papieren und achtete nicht auf sie. Dennoch musste er aus den Augenwinkeln bemerkt haben, dass sie nicht gänzlich nackt war. »Das Höschen«, mahnte er. Lametta schob ihre schmalen, langen Finger wie Spezialinstrumente seitlich unter den winzigen Bund des Höschens, spannte es von den Hüften weg und streifte das kleine Stück Stoff ab.

»Ich beginne«, sagte der Literaturkritiker. Er räusperte sich und rückte mit seinem Stuhl etwas näher an die splitternackte Lametta heran. Sie würde dasselbe Ritual über sich ergehen lassen müssen wie im vorigen und im vorvorigen Jahr. Diesmal allerdings würde sie ihn überraschen. Er war aufgeregt, schniefte und schluckte, rutschte hin und her und sagte: »Ich bitte Sie, ich beschwöre Sie!«

»Ich weiß doch«, sagte Lametta, »strengste Vertraulichkeit. Sie können sich darauf verlassen. So wahr ich aus Frankfurt an der Oder komme.« Sie lächelte ihm aufmunternd zu. Nur sie kannte das Geheimnis: Der Literaturkritiker schrieb an einer Autopornobiographie. Eine neue, gewagte Gattung, eine brisante Unternehmung, ein literarisches Experiment. Was die deutschen Dichter nicht schafften – er würde es ihnen zeigen: wie man Liebesszenen schreibt.

»Fangen Sie doch einfach an«, sagte Lametta mit ihrer wärmsten Stimme, »ich höre.«

Der Text schilderte wieder eine angeblich wirkliche Begegnung des Literaturkritikers mit einer jungen Dichterin, mit anschließender Verführung durch den Kritiker. Wieder war von den vollen Lippen, den herrlichen Brüsten und den blanken Augen der Dichterin die Rede. Er konnte es nicht lassen. Lametta war kaum in der Lage, dem Kitsch zuzuhören, und dachte an Ferdinand. »Wie finden Sie es?«, fragte der Literaturkritiker.

»Besser!« Lametta seufzte geheimnisvoll. »Viel besser als im vorigen Jahr.«

»Wirklich?«, brüllte der Literaturkritiker. Die Abmachung war einfach. Seine Autobiopornographie sollte erregend sein. Nur ein erregender Text sei ein guter Text. Da war etwas dran, fand Lametta. Auch Ferdinand fand das. Nur: Was ist ein erregender Text? Der Literaturkritiker hatte die Lösung gefunden: Wirklich erregend sei ein Text dann, wenn, wie er formulierte, »eine Zuhörerin nicht anders kann, als Hand an sich zu legen, um sich Erleichterung zu verschaffen«. Erst dann war ein Text reif genug, um veröffentlicht zu werden. Er bestellte und bezahlte Lametta fürs Zuhören. Sie schien ihm unbestechlich. So wahr sie aus Frankfurt an der Oder kam. Die letzten beiden Male hatte sie nackt dagesessen, ihn wie einen Unhold angestarrt und kein Zeichen einer erotischen Anteilnahme zu erkennen gegeben. Der Literaturkritiker hatte das schweren Herzens akzeptiert und weiter an der Vervollkommnung seiner Verführungsdarstellungen gearbeitet.

Diesmal aber begannen Lamettas Augen zu glänzen, sie waren fast so blank wie die Augen der jungen Dichterin, die er einst hier in diesem Hotel ohne Erfolg zu verführen versucht hatte. Aufgeregt las er weiter, wie sich die Lippen der Dichterin einladend öffneten und die reichbewimperten Augenlider sich schlossen.

»Ja!«, rief Lametta leise. Der Literaturkritiker blickte von seinem Text auf und traute seinen Augen nicht. Seine schöne nackte Zuhörerin hatte den Mund leicht geöffnet und die Augen geschlossen. Nicht nur das. Während er langsam weiterlas und immer wieder aufsah, schoben sich

Lamettas hübsche lange Finger langsam und entschlossen in ihr Schamhaar, der Mittelfinger öffnete zielsicher die Lippen der Scheide und tastete sich weiter. »Weiter!«, seufzte sie, weil der Literaturkritiker mit dem Lesen aufgehört hatte. »Bitte, lies weiter, es ist so gut.« Sie hatte ihn geduzt. Sie musste von Sinnen sein vor Lust.

Während der halbstündigen Lesung legte Lametta drei ansehnliche und waschechte Orgasmen hin. Sie hörte einfach nicht zu und dachte an Ferdinand. Sie hatte noch nie Schwierigkeiten gehabt, den berühmten Höhepunkt zu erreichen. Sie brauchte niemandem Ekstase vorzuspielen.

»Jetzt ist mein Buch reif!« Der Literaturkritiker hüpfte vor Freude, als die Lesung beendet war. Er tanzte wie ein Rumpelstilzchen im Hotelzimmer auf und ab und küsste Lametta die Hand. Sie war gerührt und bat, ihm noch einen Tipp geben zu dürfen.

»Ja! Nur zu!«

Die Episode ließe sich womöglich noch mehr steigern, schlug Lametta vor, wenn er die Verführung nicht allein mit seinen erotischen Qualitäten begründete, sondern auch ein bisschen mit seiner Macht.

Der Literaturkritiker unterbrach seinen Rumpelstilzchentanz und musterte Lametta misstrauisch. »Wollen Sie damit sagen, ich hätte diese Dichterin nur gewonnen, weil sie sich von mir gute Kritiken erhoffte?«, fragte er.

Jetzt halfen nur Wahrheit und Angriff. Lametta, noch immer nackt, ging auf den unsicher gewordenen Mann zu, drückte ihren rechten Oberschenkel zwischen seine Beine, als wollte sie Tango mit ihm tanzen, und sagte leise:

»Macht ist doch geil. Das darfst du nicht aussparen. Berechnung und ein bisschen Erpressung sind doch scharf. Wenn du schreibst, wie du deine Macht bei der Verführung ausnützt, wird es noch besser. Noch erregender.« Lametta stöhnte, wie es sich für ihren Beinamen »Lasziv« gehörte. »Dann wirst du als Rousseau des zwanzigsten Jahrhunderts in die Literaturgeschichte eingehen«, sagte sie.

Das saß. Erschlagen vor Befriedigung, wachsweich und zugänglich wie am Ende einer langen Nacht versank der Literaturkritiker im Sessel und streckte glücklich die Füße aus. Lametta setzte sich mit gespreizten Beinen auf seinen Schoß und zupfte an seinen fetten Ohrläppchen. »Apropos Erpressung«, sagte sie, »ich bin immer für dich da, mein lieber Jean-Jacques, nicht nur zur Weihnachtszeit, aber du wirst ein für allemal auf mich verzichten müssen, du wirst nie mehr die erotisierende Wirkung deiner erstaunlichen Worte auf mein Lustzentrum erleben dürfen, wenn…«

»Wenn was?«, sagte der Literaturkritiker matt vor Angst, seine einzigartige Zuhörerin zu verlieren. »Ich mache, was du willst!«

»Wenn du noch länger die Bücher des von mir hochverehrten Ferdinand von Wien ignorierst«, sagte Lametta und zog ihn an den Ohren. Seine Augen, sonst böse, stechend, eingebildet, waren jetzt milde und hilflos. »Wer ist das?«

»Du kennst Ferdinand von Wien nicht?«, schrie Lametta. Aus ihrer Zeit als Ostberliner Hotelhostess wusste sie, wie man mächtige Männer ohrfeigt und wie das hilft. Es klatschte laut. Sie zog ihr schwarzes Samtkleid über und diktierte die Bedingungen: Er musste noch in den Weihnachtsfeiertagen Ferdinands Bücher lesen, sie so bald wie möglich in seriösen Medien angemessen würdigen und Ferdinand als lange verkannte Entdeckung preisen. Wenn Ferdinand nicht bis Ende Januar der Held des Feuilletons sei, habe der Literaturkritiker Lametta Laszive das letzte Mal gesehen.

Lametta ging, ohne sich umzudrehen. Den großen Weihnachtsbaum in der Hotelhalle hätte sie vor Übermut am liebsten umgestoßen. Sie hatte heute, am sogenannten Heiligen Abend, noch drei Termine. Dann würde sie zu Ferdinand fahren. Es würde nicht leicht sein, ihm nichts von ihrem Deal mit dem Literaturkritiker zu erzählen. Ihr Triumph sollte Ferdinand überraschen. Damit würde sie ihn gewinnen.

5. Der schöne Ferdinand

Wenn das Geschäft heute blühte, hatte sie es Ferdinand zu verdanken. Als Lametta bald nach der Auflösung der alten DDR nach Westdeutschland ging, war sie sicher, mit ihren in Ostberliner Devisenhotels erworbenen Fähigkeiten im Westen ein gutes Auskommen zu finden. Anfang der neunziger Jahre zog sie nach Frankfurt. Von Frankfurt an der Oder nach Frankfurt am Main – die Vorstellung gefiel ihr. Frankfurt am Main war eine Stadt, in der sich Liebe gut verkaufen lassen würde.

Die Konkurrenz aber war hart, und Lametta konnte nicht Fuß fassen. Sie nahm Kontakt zu Kunden auf, die sie im Osten glücklich gemacht hatte. Doch die waren reserviert, sie wagten nicht, hier im Westen um dieselben harmlosen Liebesdienste zu bitten, nach denen sie im Osten ungeniert verlangt hatten.

Der Name »Lametta« entfaltete keinen Zauber, er schien die lüsternen Männer eher zu irritieren. Als sie ihre Liebeskünste unter ihrem wirklichen Namen Helga annoncierte, schwieg das Telefon noch grausamer. »Helga kommt auch zu dir.« Aber keiner rief nach ihr.

Nach einem Jahr, in dem sie wenig verdient hatte und dazu bestohlen, betrogen und geschlagen worden war, gab sie auf und nahm eine Stelle bei der Telefonauskunft an. Doch schon drei Monate später wurde sie entlassen, weil sie mit manchen Anrufern kurz plauderte und schäkerte, anstatt sich darauf zu beschränken, die gewünschte Nummer aus dem Computer zu holen und von einer automatischen Stimme ansagen zu lassen.

Bei der telefonischen Reiseauskunft der Bundesbahn war Lametta besser aufgehoben. Der Computer gab nicht immer die günstigste Lösung an. Hier konnte man noch individuelle Reiseverbindungen heraussuchen, auf Sonderwünsche eingehen und Ratschläge geben. Die Kunden fragten besorgt nach, notierten umständlich die Abfahrts- und Ankunftszeiten. Manchen merkte man ein altmodisches Reisefieber an, das Lametta rührte, weil es sie an die Unselbständigkeit vieler Leute in der alten DDR erinnerte. Sie hatten Angst vor dem Verpassen von Anschlusszügen, es grauste ihnen vor dem Umsteigen mit den dicken Koffern. Diese Leute kamen ihr wie Verwandte vor, und sie war freundlich und geduldig mit ihnen.

Gelegentlich war Lametta schon gemahnt worden, weil sie sich mit den Anrufern zu viel Mühe gab. Eines Tages war ein Herr in der Leitung, der eine junge, aber ungewöhnlich altmodische Stimme hatte. Eine Stimme wie ein Bühnenheld, fand Lametta, und sie stellte sich einen schönen Mann vor. Lametta war nie in Österreich gewesen, sie kannte den Akzent nur aus ein paar alten Filmen, die sie im Fernsehen gesehen hatte, konnte ihn aber nicht einordnen. Der Mann mit der freundlichen Heldenstimme hatte sonderbare Wünsche. Er plante eine Reise von Hamburg nach Berlin und wollte wissen, an welchen Bahnhöfen der herausgesuchte Zug hielt und ob man die Fenster öffnen könne. »Ist das so wichtig?«, fragte Lametta. »Ich bitte sie«, sagte der Mann, »es kann jemand zusteigen, man kann sich verlieben, es kann jemand aussteigen, und ich möchte nicht an einem geschlossenen Zugfenster Abschied nehmen.«

Das leuchtete Lametta ein. Es war nicht leicht herauszufinden, was die Züge für Fenster hatten. Schließlich brauchte der Mann noch einen Nachtzug von Berlin nach Palermo, wollte wissen, ob der über Nürnberg fuhr, ob und wie lange er dort hielt und ob es das alte Nürnberger Bahnhofsrestaurant noch gab. »Das kann ich Ihnen beim besten Willen nicht verraten«, sagte Lametta freundlich. »Trotzdem, Sie sind ein Schatz«, sagte der Mann, »Sie sind so geduldig.« Dann bat er sie nachzusehen, wie lange der Zug in München Aufenthalt habe und auf welchem Gleis. Das Gleis konnte ihm Lametta nicht sagen. Von Palermo sollte es weitergehen nach Paris, von dort schließlich zurück nach Hamburg. »Da habe ich eine günstige Verbindung mit Umsteigen in Antwerpen«, sagte Lametta, nachdem sie ein paar Minuten in ausländischen Kursbüchern und Datenbanken gewühlt hatte. »Interessante Rundreise planen Sie da«, sagte sie. »Leider nur für meine Romanfiguren«, sagte der Held mit der Bühnenstimme.

Das fand Lametta noch aufregender. Sie bot ihm ihre Dienste an: »Wenn Sie wieder mal eine Verbindung brauchen…«

»…werde ich Sie nicht mehr erreichen«, sagte der Held. »Man wählt die Auskunft und landet immer woanders.«

Lametta verriet ihm einen Trick, und sie telefonierten täglich. Nach drei Wochen wurde Lametta entlassen. Es gelang ihr nicht, die langen Privatgespräche als rein geschäftliche Telefonauskünfte an einen Bundesbahngroßkunden glaubhaft zu machen.

Ferdinand kam aus Wien. Er sah tatsächlich aus wie ein Bühnenheld und gefiel ihr sehr gut. Er war groß, dünn und blass, seine dunkelbraunen Haare standen zu Berge. Er hatte großen Liebeskummer. Zwei Frauen hatte er geliebt, beide waren ihm weggelaufen. Lametta verstand das nicht. So einen würde sie nie verlassen. Ferdinand lebte vom Schreiben. Er schrieb einen Roman über einen Mann, dem die Frauen weggelaufen waren und der sie wieder einfangen wollte. Dazu waren viele Bahnfahrten nötig.

Seinetwegen war Lametta gekündigt worden. Er fühlte sich verantwortlich. Seine Fürsorge tat ihr gut. Sie besuchte ihn häufig. Dass er sich ihr nicht näherte, fand sie schade, ungewöhnlich, aber auch verständlich. Er hatte eben noch diese Frauen im Herzen. Das ehrte ihn. »Wir müssen etwas für dich finden«, sagte er, und er sprach von einem Computerkurs.

Lametta hatte ihre Hostessenvergangenheit zunächst verschwiegen. Den feinen Ferdinand, glaubte sie, könnte das abstoßen. Dann erzählte sie ihm doch davon. Er hörte ernst mit geweiteten Augen zu, und Lametta fürchtete schon, er könnte sagen: Verlass meine Wohnung, Hure! Doch weder verstieß er sie, noch glaubte er sie jetzt als Freiwild benutzen zu dürfen. Er nahm sie liebevoll in den Arm und sagte: »Ein Computerkurs ist vielleicht doch nicht das Wahre.»

6. Der Untergang der Welt

Der brüllende Literaturkritiker mochte ein furchtbarer Dichter sein, sympathisch an ihm fand Lametta, dass ihm alles Weihnachtliche zuwider war. Er nannte sie »Fräulein Helga«. Den Namen Lametta fand er albern. »Lasziv ist gut, Lametta ist schlecht«, sagte er und wünschte, wenn er Fräulein Helga rief, keinerlei weihnachtliche Hinweise und Anspielungen in ihrer Garderobe. Das Christenfest des Friedens und der Liebe bezeichnete er mit erfrischender Verachtung als »Kokolores«. Gut daran war nur, dass er während der ruhigen Feiertage Zeit fand, sich um seine eigene Dichtung und Wahrheit, sein literarisches autopornographisches Großprojekt zu kümmern.

Der nächste Kunde war anders. Es war der dicke Umweltschützer aus Sachsenhausen, der an einen Steinpilz erinnerte. Ein Steinpilz ist nicht sexy. Aber er fand es sexy, wenn Lametta ihr Lamettaglitzerkleid trug. Auch er konnte, wie fast alle ihre Kunden, Weihnachten nicht ausstehen, aber, wie fast alle ihrer Kunden, kam er nicht ohne ein paar weihnachtliche Zeichen aus. Das Ritual bestand für ihn nicht im Feiern von Weihnachten, sondern in seiner symbolischen Erledigung.

Zu diesem Zweck musste Lametta ihr Lamettakleid tragen. Sie hatte verschiedene Lamettakleider, verschieden kurze und verschieden lange. Alle waren eng. Die metallene Haut schmiegte sich an ihren schlanken Körper und machte aus ihr eine silbrige Schlange. Es war ihre Berufskleidung, ihr Markenzeichen geworden.

Vor vier Jahren hatte sie in ihrem ersten Lamettakleid vor Ferdinand gestanden und ihn gefragt: »Was bedeutet denn nun ›lasziv‹?« Ferdinand hatte ein Lexikon geholt und vorgelesen: »Lasziv: eigentlich zügellos, bildungssprachlich für aufreizend, verworfen, bewusst schwül-erotisch, mit einer an Anstößigkeit grenzenden Sinnlichkeit.« Er hatte aufgeblickt und sie betrachtet. »Doch, das kommt hin.«

Die Lamettakleider waren nicht sehr haltbar. Die schönsten und laszivsten waren die empfindlichsten. Sie waren aus klassischem Lametta gefertigt. Zinnlegierung mit Bleizusatz. Sie fielen am schönsten. Auch Lametta, das Messing und Aluminium enthielt, ließ sich weben und zu Kleidern verarbeiten, die aber dann etwas sperrig waren und die Körperformen nicht so malerisch umflossen. Dann gab es noch das Kunststoffdekorlametta aus Silberfolie. Es war am billigsten. Kleider aus diesem Material waren unverwüstlich, aber man schwitzte in ihnen und fühlte sich wie in einer Faschingsverkleidung.

Die lasziven Lamettakleider wurden in Südindien in kleinen Fabriken hergestellt, die auf das Weben und Verarbeiten von Lamé und Paillettenstoffen spezialisiert waren. Sie wären sonst unbezahlbar gewesen. Zwanzigtausend Mark kostete der Spaß pro Jahr. Aber im Verhältnis zu Lamettas Einnahmen vom ersten Advent bis Silvester war das nichts.

Der Verkehr in der Stadt nahm nun, da der Nachmittag in den Weihnachtsabend überging, merklich ab. Die

Brücke über den Main war frei. Als Lametta im Frankfurter Stadtteil Sachsenhausen angekommen war, hatte sie noch eine Viertelstunde Zeit bis zu ihrem Termin bei dem total perversen Umweltsteinpilz. Parkplätze gab es heute genug. Sie fuhr zu einem Café, bestellte einen doppelten Espresso, nahm ihren kleinen Koffer, ging auf die Toilette, zog ihr schwarzes Samtkleid aus und ein langes Silberkleid aus schwerem Blei-Zink-Lametta an. »Wow!«, sagte der Ober, als sie ins Café zurückkam, »Sie sehen aus wie aus einem Film von Lubitsch!«

Sie bestellte ein Taxi. Dieses Modell war sehr empfindlich, und Lametta wollte damit nicht selbst Auto fahren. »Viel Spaß«, sagte der Ober und half ihr in den Mantel.

Der perverse Umweltsteinpilz war seit dem letzten Jahr noch schwammiger geworden. Er empfing sie mit arabischer Musik, half ihr aus dem Mantel, küsste ihre Hand und sagte bewundernd: »Mein Gott!«, als Lametta silbern vor ihm stand. Dann begann das Ritual. Der Steinpilz trug einen Hausmantel, wie ihn Lords und Detektive in englischen Filmen tragen, und nahm Platz in einem Sessel. Auf einem Tisch daneben standen ein Glas und, schon geöffnet, eine Flasche Sekt aus ökologischem Weinbau. Lametta trank während der Arbeit keinen Alkohol. Der Steinpilz klatschte in die Hände, schlürfte Sekt und lehnte sich zurück.

Lametta bewegte sich schlängelnd nach den Rhythmen der arabischen Musik. Nach etwa fünf Minuten rief der Steinpilz: »Jetzt!«, und Lametta begann sich aus ihrem Kleid zu schälen. Das dünne Metallgewebe riss dabei. Sie kam sich vor wie eine Schlange, die sich häutet, und legte den Kopf nach hinten. Langsam rutschte das Kleid von ihren Schultern. Sie ließ sich Zeit. Es gefiel ihr, sich derart zu entkleiden. Sie wurde lüstern dabei. Als ihr ziemlich makelloser Oberkörper frei war, nahm sie ihre beiden schönen festen Brüste in ihre schönen festen Hände, drückte sie, öffnete die Lippen dabei einen Spalt, lächelte dem Steinpilz verschleiert zu und züngelte – eine einfache Standardgestik der Verführung, die immer wirkungsvoll ist.

»Schluss jetzt!«, rief der Steinpilz. Aufgeregt sprang er hoch und ging auf Lametta zu. Er zerrte an dem von den Hüften malerisch herabhängenden Oberteil des Silberkleides und versuchte ungeschickt, die enge Beinpartie nach unten abzustreifen. Dabei kauerte er zu Lamettas Füßen, in der Haltung eines Schneiders, der ein langes Kleid absteckt. Seufzend ließ sie es geschehen. Er war so unerotisch. Sie wäre jetzt gern gierig aus dem Kleid geschält und gefickt worden, wenn auch nicht gerade von diesem Steinpilz, sondern lieber von Ferdinand. Oder auch von dem Ober, der ihr vorhin in den Mantel geholfen hatte. Die Musik, der Tanz und der Strip hatten sie heiß gemacht. Stattdessen würde sie jetzt wie in den Vorjahren die lächerliche Abart des Umweltnarren ertragen müssen, ohne in schallendes Gelächter auszubrechen, denn das ertrug er nicht.

Der hatte es nun geschafft, das Lamettakleid bis zu ihren Füßen abzustreifen. Er befreite erst den linken, dann den rechten Fuß aus dem Silberknäuel auf dem Boden, aber anstatt dabei Lamettas einzigartige Fesseln zu bewundern, hob er das silbrige Kleiderknäuel auf und trug es zu einer der kleinen Stubenmülltonnen, die er neben dem Bücherregal stehen hatte. Er öffnete die orangerote Tonne mit der Aufschrift »Sondermüll« und stopfte das Kleid hinein. »Weg mit dir, du schlimmes, schlimmes Schwermetall!«, schrie er mehrmals und schlug und drückte mit der Faust wütend in die kleine Stubentonne. Er schluchzte dabei ekstatisch, und Lametta schloss nicht aus, dass er so etwas wie einen Umweltschutzorgasmus erlebte. Sie machte ihn darauf aufmerksam, dass Lametta Aluminium und Blei enthielt und schlug ihm vor, sich bis zum nächsten Mal eine Heimabfallmetalltrennschmelzanlage zu besorgen. Der Steinpilz nickte ergeben und sagte: »Sie haben Recht, wir tun alle noch immer viel zu wenig für eine saubere Zukunft.«

Die nackte Lametta öffnete ihren kleinen Koffer, entnahm ihm ein anderes Silberkleid, diesmal ein kurzes, und schlüpfte hinein. »Auf zur nächsten Entsorgung«, sagte sie. Der Steinpilz steckte ihr sechstausend Mark zu, aber sie schüttelte den Kopf: »Diese Kleider werden immer teurer.« Seufzend legte der Steinpilz fünfhundert und, auf Lamettas weiteres Kopfschütteln hin, noch einmal fünfhundert Mark nach. »Also dann, bis zum nächsten Weihnachten«, sagte Lametta beim Gehen. Da weinte der Steinpilz und sagte: »Hoffentlich gibt es unsere Erde in einem Jahr noch, es geht ja alles kaputt.«

7. Der gute Ruf

Nach ihrem Besuch beim Umweltsteinpilz war Lametta wie immer frustriert. Nach so viel erotischem Müll hatte sie ein Bedürfnis nach ganz gewöhnlichem Sex. Ihr nächster Kunde wohnte nur wenige Häuser weiter. Ein ganz normaler Informatiker, dessen Frau Weihnachten immer bei ihrem ersten Mann, einem Arzt, und den gemeinsamen Kindern in Bad Homburg zubrachte.

»Endlich«, sagte der Informatiker, als Lametta bei ihm im Flur stand. Er streifte ihren Mantel ab und nahm sie in die Arme. »Du fühlst dich an wie eine Eidechse«, sagte er, trug sie in Schlafzimmer, warf sie aufs Bett und fragte: »Hast du schon einmal Eidechsen beim Ficken zugeschaut?« Lametta schüttelte den Kopf. »Er beißt sie verliebt in den Nacken und peitscht sie mit seinem Schwanz«, sagte der Informatiker.

Lametta stand auf. »Erst muss ich wie immer meinen Kontrollgang machen«, sagte sie. Er nickte. »Du wirst nichts finden«, sagte er. Sie ging durch die Wohnung und kam zurück aufs Bett. »Alles in Ordnung«, sagte sie, »keine Kerzen, keine Tannenzweige, kein Lebkuchen – die Wohnung ist absolut weihnachtsfrei.«

Er drehte sie auf den Rücken, ließ seine Fingerspitzen sachte auf dem glatten Silbereidechsenkleid von ihren Schultern abwärts bis zum unteren Saum herabgleiten, trennte dann das Kleid mit einem einzigen plötzlichen

Riss von unten bis oben auf und küsste ihre Brüste. »Wo bleibt der Nackenbiss?«, sagte Lametta.

Sie mochte den Informatiker, aber sie dachte doch an Ferdinand. Damals vor vier Jahren, als sie seinetwegen die Stelle bei der telefonischen Zugauskunft verloren und ihm ihre DDR-Hostessenvergangenheit gebeichtet hatte, war Ferdinand ganz ruhig geblieben. Er sah zwar aus wie ein Bühnenheld, der aus der Fassung geraten muss und schreiend verzweifelt, wenn er erfährt, dass seine Geliebte schon einmal von einem anderen Mann berührt wurde, und der sich sofort mit Gift und Dolch das Leben nimmt, wenn er gar hören muss, dass sie verschiedenen Männern für Geld zu Willen war. Aber Ferdinand hatte keinen Aufstand gemacht, sondern entzückend gelächelt.

»Wie«, hatte Lametta ungläubig gefragt, »du verachtest mich nicht?«

»Die Zeiten sind besser geworden«, sagte Ferdinand, »die klassischen Tragödien sind passé.« Dann entwickelte er rasch einen Plan. »Deine ganz persönliche Ausbildungsförderungsmaßnahme«, sagte er, »nur für dich.«

Der Name Lametta sei die halbe Miete, fand Ferdinand. Vor nicht allzu langer Zeit hatte er eine Reportage über das Frankfurter Rotlichtmilieu verfasst und wusste, dass in der Weihnachtszeit eine große Marktlücke in der Branche klaffte. »Es herrscht eine Mordsnachfrage nach käuflicher Liebe, und es gibt viel zu wenig Angebot«, sagte Ferdinand. In der Weihnachtszeit würden die härtesten Huren sentimental, die gefragtesten Callgirls, die schicksten Lack- und Ledernutten, die ausgefuchstesten Masseusen und Hostessen würden in diesen Wochen bieder und feierten mit ihren unehelichen Kindern ersten, zweiten, dritten und vierten Advent und schließlich Weihnachten, ehe sie sich Anfang Januar in alter Frische ihren Freiern hingäben. »Hast du uneheliche Kinder?«, fragte er. Lametta schüttelte stolz den Kopf.

Das war Ende November Anfang der neunziger Jahre gewesen. Die berühmte Wende hatte Lamettas Leben nur verschlechtert. Zu DDR-Zeiten war es ihr besser gegangen. Sie kuschelte sich an Ferdinand. Er legte seinen Arm freundlich um ihre Schultern und sagte mit seinem schönsten Wiener Heldenakzent. »Du kannst mir vertrauen, in drei Wochen bist du top, spitze, ganz oben.«

Viele Männer sprachen so. Sie glaubte ihm nicht, aber hörte es gern. Drei Wochen später brach sie zu ihrem ersten Besuch auf. Lametta kannte keine Angst. Gespannt und selbstsicher machte sie sich auf den Weg. Das erste obligatorische Lamettakleid war damals von einer türkischen Änderungsschneiderin in einer Nachtaktion zusammengeheftet worden. Bald war Silvester, und Lametta zählte ihr Geld, das sie bei Ferdinand unterm Bett in einem Koffer verwahrte. Es waren einhundertsiebenundneunzig Tausendmarkscheine. Die Fünfhunderter, Zweihunderter und Hunderter zählte sie nicht. Sie warf sie in die Luft und weinte vor Glück. »Siehst du«, sagte Ferdinand und lächelte. Als sie sah, dass er nicht so glücklich war wie sie, bremste sie ihre Freude und verbarg ihre Trauer. Sie hätte ihm gern die Frauen zurückgekauft, die ihn verlassen hatten.

Ferdinands Konzept war aufgegangen, und zwar besser noch, als er selbst gedacht hatte. Die weihnachtliche Liebesmarktlücke war größer als erwartet. Tausende von Großstadtbewohnern waren von allen Formen des Weihnachtenfeierns bedient. Ja auch die verschiedenen Formen des Nichtfeierns hingen den Leuten zum Hals heraus. Sie wollten weder Konsumorgien noch Konsumverzicht, weder Marzipan noch Gänsebraten. Sie wollten keine langen Samstage mehr. Sie wollten nichts schenken müssen und auch nichts mehr geschenkt bekommen. Sie wollten sich aber auch nicht auf die südliche Erdhalbkugel verdrücken und damit diesem idiotischen Weihnachten die Bedeutung eines ernst zu nehmenden Feindes geben, der einen in die Flucht schlägt. Sie wollten mit dem gottverdammten Christenfest nichts mehr zu tun haben.

Ferdinand hatte kurz vor dem ersten Advent in zwei Stadtmagazinen und in den beiden seriösen Zeitungen der Stadt an der richtigen Stelle eine kleine, aber auffällige Anzeige aufgegeben:

LAMETTA LASZIV
Der gute Ruf

Dazu eine Telefonnummer. Der Vorteil dieser fünf Worte war, dass die üblichen Anrufe von all den debilen Geilärschen entfielen, mit denen Callgirls gewöhnlich traktiert werden, wenn sie ihre Liebesdienste wenig verschlüsselt inserieren. Ferdinands Anzeigenformulierung sprach nur Personen an, die einen gewissen Sinn für Ironie und Wortspiele hatten und denen einfache Fremdwörter geläufig waren. Nur drei Anrufer glaubten, es handle sich um ein Angebot von besonderem Weihnachtsbaumschmuck. Einer von ihnen dachte, lasziv heiße dehnbar und interessierte sich für diese neuartige Form des Flitters.

Ferdinand nahm die Anrufe entgegen. Er gab sich als Privatsekretär von Lametta Lasziv aus, notierte Voranmeldungen und Sonderwünsche, nannte Tarife und koordinierte die Termine. Was man sich unter einem Besuch von Lametta Lasziv vorstellen solle, war eine Frage, die ihm häufig gestellt wurde. »Was erwarten Sie denn?«, fragte Ferdinand zurück.

Langsam gewann er ein Bild davon, was Lametta bieten sollte. Es gab bei vielen Interessenten ein Bedürfnis nach Blasphemie und Frivolität. So träumten manche Männer in ihrem Ekel vor dem ewig keuschen Weihnachtsfest von einem lasziven Lamettakleid, dessen Anfertigung Ferdinand daraufhin sofort in Auftrag gab. Unzumutbar abartige Wünsche, wie etwa der, die gerufene Dame möge Engelsflügel am Rücken tragen und mit möglichst lasziven Bewegungen den Weihnachtsbaum schmücken, lehnte Ferdinand rigoros und deutlich ab: »Sie sind an der falschen Adresse. Bei uns wird gefickt, nicht geschmückt!«

»Lametta ruft Sie an, wenn sich noch ein Besuch ermöglichen lässt«, sagte er ins Telefon, wenn alles so weit geklärt war. Die verheirateten Anrufer erschraken. Sie wollten verständlicherweise nicht zu Hause angerufen werden. Ferdinand beruhigte die ängstlichen Gemüter: »Ich bitte Sie, sie wird sich mit ›Lametta‹ melden, und falls Ihre Frau am Apparat ist, wird sie gerührt sein, denn jede Gattin wird erfreut ein überraschendes Weihnachtsgeschenk vermuten – für das Sie allerdings tatsächlich sorgen sollten, sicherheitshalber und überhaupt.«

Kurz vor dem ersten Advent hatte Ferdinand Lametta eine Besuchsliste in die Hand gedrückt. Sie war bei siebzehn Professoren angesagt, bei achtundzwanzig Bankern, davon vier Vorstandsmitglieder, bei fünf Gewerkschaftsführern, elf Kirchenleuten, darunter zwei katholische Bischöfe, bei vierzehn Fabrikanten und Unternehmern, zehn Großhändlern, achtzehn Immobilienhändlern, sieben Baulöwen, vier Polizeibeamten aus dem höheren Dienst, dreizehn Offizieren, davon vier aus dem Generalstab, bei dreiundzwanzig Zeitungsleuten, davon fünf Chefredakteure, sowie bei sechs Kommunal-, drei Landes- und zwei Bundespolitikern. Ferner bei sechzehn vermögenden Lesbierinnen ohne nähere Berufsbezeichnung und bei neun sogenannten aufgeschlossenen Ehepaaren. Lametta blickte fassungslos auf die Liste: einhundertsechsundachtzig Termine in knapp vier Wochen, wenn sie richtig gezählt hatte.

»Richtig«, sagte Ferdinand, »aber zwei Drittel der Termine werden erfahrungsgemäß platzen. Männer verlässt der Mut. Bleiben noch sechzig. Mindesthonorar mit Anfahrt zweitausend Mark. Macht hundertzwanzigtausend. Extras kosten extra. Gratuliere. Du hast es geschafft.«

Der Informatiker war, nachdem er Lametta eine gute halbe Stunde sehr zufrieden stellend geliebt, gebissen, gestreichelt und auch das Kunststück fertig gebracht hatte, sie wenigstens andeutungsweise wie die von ihm beschworene männliche Eidechse mit seinem Schwanz zu peitschen, ermattet eingeschlafen. Da lag er und schnarchte selig und sah nicht aus wie ein Mensch, der mit Zahlen umgeht.

Das kurze Silberkleid hatte das heftige Abstreifen schadlos überstanden. Es handelte sich um das neue argentinische Lametta. Es war offenbar widerstandsfähiger, man musste sich die Quelle merken. Das Portemonnaie des Informatikers lag griffbereit auf dem Nachttisch. Lametta entnahm ihm zwei Tausendmarkscheine. Auch wenn die Arbeit ein Vergnügen war, musste sie korrekt bezahlt werden. Sie freute sich auf Ferdinand. Jetzt noch der stockkonservative Chefredakteur und vielleicht der schielende Masomann, dem eine große Brauerei gehörte. Dann war Schluss für heute.

Auf dem Weg zum Auto kam sie an einem miesen Stehausschank vorbei. Die Tür war offen, man konnte hineinsehen. Ein paar Männer lehnten am Tresen und betranken sich mit deutschem Weinbrand. Lametta traute ihren Augen nicht. Auf dem einzigen Stuhl in dem engen Raum saß eine nicht mehr junge Nutte oder Verrückte, die sich als Weihnachtsmann beziehungsweise Weihnachtsfrau verkleidet hatte. Der Pelzmantel war aus der Kleiderhilfe. Neben ihr stand ein zahmes Reh und schaute genauso verloren wie seine seltsame Herrin. Sie dürfte von Tür zu Tür gegangen sein, um etwas Geld zu sammeln. Wenn sie ihr Glas Tee geleert hätte, würde sie weiterziehen. Die

Trinker, die sonst so hässlich und laut redeten, waren in Gegenwart der ungewöhnlichen Erscheinung scheu und leise geworden.

Lametta ging ein paar Schritte weiter, dann machte sie kehrt, betrat den muffigen Raum, bestellte einen Obstschnaps, kippte ihn hinunter, zahlte und verließ den Stehausschank, nachdem sie der Weihnachtsfrau die kurz zuvor so mühelos verdienten zweitausend Mark zugesteckt hatte.

8. Gier nach Geld

Es war jetzt kurz vor acht Uhr abends. Lametta hatte gut verdient. Nicht nur heute. Die ganze Adventszeit über hatte das Geschäft gekocht. Morgen, am ersten Weihnachtsfeiertag, hatte sie nur drei Termine. Dann waren am 26., 27., 28., 29. und 30. Dezember noch Besuche bei den Kunden fällig, die von Lamettas Laszivität lieber in der unmittelbaren Nachweihnachtszeit Gebrauch machten.

Sie hatte das Geld noch nicht gezählt, das sie wie in den Vorjahren in dem Koffer unter Ferdinands Bett bewahrte. Sie rechnete es immer erst an Silvester zusammen. Es war abzusehen, dass es trotz oder wegen aller Wirtschaftsflauten in ihrem Geschäft keine Einbrüche gegeben hatte. Vielmehr schien der bisherige Jahreszuwachs von zwanzig Prozent diesmal auf fünfundzwanzig bis dreißig gestiegen zu sein. Der allgemeine Wunsch nach Sex zur Weihnachtszeit nahm zu, und die Konkurrenz im Bereich der käuflichen Liebe nutzte die Gunst der Stunde noch immer nicht. Manchmal kam sich Lametta vor wie eine einsame Streikbrecherin. Von einer Lücke im Markt konnte keine Rede mehr sein. Ein riesiger unerschlossener Markt war es, auf dem sich Lametta tummelte.

Während sie sich auf den Weg zum stockkonservativen Chefredakteur machte, hörte sie sich eine Musikkassette mit Hits aus ihrem Geburtsjahr 1965 an, die ihr Ferdinand zusammengestellt und heute morgen zu ihrem einunddreißigsten Geburtstag geschenkt hatte. *There is a rose in Spanish Harlem* – eine Stimme wie diese Sängerin hätte sie gern. Männer singend verrückt machen, das wäre einmal etwas anderes.

Sie freute sich auf Ferdinand. Er hatte ihr zu Glück und Glanz verholfen, jetzt würde sie sich revanchieren. Er sollte seinen verdienten Erfolg bekommen. Der brüllende Literaturkritiker würde ihn hochjubeln. Dafür hatte sie gesorgt.

There is a rose in Spanish Harlem – die Melodie war eine einzige Umarmung. Lametta fragte sich, ob sie die beiden heute noch fälligen Termine nicht absage. Sie würde sechstausend Mark verdienen, die sie nicht brauchte. Es war längst genug Geld da. Es ist nicht Geldgier, die mich treibt, sagte sie sich. Geldgier war ihr zuwider. So viel Antikapitalismus war noch in ihr. Sie hatte früher im Osten nie verstanden, warum die Westleute mit dem Geldverdienen nicht aufhören konnten. Jetzt ging es ihr ebenso. Es war eine Art Pflichtgefühl. Auch mochte sie ihren Beruf. Sie hatte ihre komischen Kunden gern.

Und doch trieb auch Lametta eine geradezu boshafte Geldgier. Nicht nur das Bezahltwerden, auch das Zahlenlassen machte Spaß. So zufrieden es sie auch machte, dass sie der trostlosen Weihnachtsfrau mit ihrem Reh vorhin zwei Tausender zugesteckt hatte, wurmte der Verlust sie doch auf unangenehme Weise, und sie war entschlossen, sich die verschenkte Summe bei ihren jetzt noch fälligen Auftritten von ihren ahnungslosen Kunden zurückzuholen. Sie mussten für ihre Mildtätigkeit büßen. Das Geld im

Koffer, das Geld in der Schweiz war uninteressant. Nur das frisch und frech und frivol verdiente Geld machte Spaß. Lametta war eine Sammlerin. Sie sammelte Geld. Die Sammlung ist für den Sammler schön und gut und beruhigend. Das belebende und erregende Glück aber lag für Lametta nicht im Haben, sondern im Nehmen.

Für den Masomann würde sie sich noch etwas ausdenken müssen. Er legte großen Wert auf Pünktlichkeit, also könnte es ihn quälen, wenn sie zu früh käme. Lametta hielt an und holte ihr transportables Telefon hervor. Sie fand es affig, während des Fahrens zu telefonieren. Die Türkisfarbe war widerlich. Sie musste den Apparat gegen einen grauen eintauschen. Der stockkonservative Chefredakteur am anderen Ende war gut gelaunt. Er hatte nichts dagegen, wenn Lametta eine Stunde später käme.

9. Beim masochistischen Brauereibesitzer

Der masochistische Brauereibesitzer gehörte zu Lamettas ältesten Kunden. Er war lieb und nett, sein Tick aber machte ihr Mühe. Er hasste Christbäume, Krippen, Weihnachtlieder und alle anderen gutbürgerlichen Requisiten und Rituale des Heiligen Abends, weil ihm als Kind der einzige wirklich dringende Weihnachtswunsch nicht erfüllt worden war. Er konnte den Geruch von Bier nicht ausstehen und hatte schon als Sechsjähriger auf einem Wunschzettel das Christkind darum gebeten, niemals die väterliche Brauerei übernehmen zu müssen. Dazu war er zu seinem Ärger als einziger Sohn und Bruder von fünf älteren Schwestern ausersehen.

In den ersten zwei Jahren hatte der Brauereibesitzer von Lametta mit Lametta ans Bett gefesselt und mit Lametta gepeitscht werden wollen. So wollte er sich sein Weihnachtstrauma austreiben lassen. Damals noch unerfahren im Umgang mit solch sonderbaren Wünschen, hatte sie ihm den Gefallen getan. Das erste Mal war eine Katastrophe gewesen. Das dünne Lametta riss, die Fesseln hielten nicht, das Peitschen tat nicht weh, sie musste lachen, und der Brauereibesitzer war beleidigt. Wenn sie schon lache, solle sie bitte grausam lachen. Dieses heitere Gelächter sei der Tod seiner Wollust. Bei ihrem Weihnachtsbesuch im Jahr darauf kam sie mit südafrikanischem Speziallametta, sehr grob, aber fest. Eine Chrom-

Nickel-Vanadium-Legierung. Diesmal hielten die Fesseln, und die Hiebe erzielten den gewünschten Schmerz. Doch Lametta unterbrach plötzlich ihr Peitschen. Sie hatte nichts gegen einen gepflegten Sadomasochismus, aber bitte lieber mit Leder und nicht mit Lametta. Das fand sie kitschig. »Wer bin ich denn!«, fluchte sie wütend. »Such dir eine andere, du verdrehter Sack!« Ihr Zorn war echt und entschädigte den Brauereibesitzer ein wenig für die so brutal unterbrochenen Hiebe. »Überlass es mir, wie ich dich behandle«, sagte sie streng, und er nickte gehorsam. Ein Jahr später hatte dann die Frau des Brauereibesitzers bei der Weihnachtsaustreibung mitgemacht. Sie wollte ihrem Mann in seinem Leiden nahe sein.

Lametta hatte noch keine Idee, was sie mit dem Brauereibesitzer heute anstellen könnte. Um halb elf sollte sie kommen und dreimal klingeln. »Überraschen Sie mich bitte«, hatte er, mit großen Augen schielend, gesagt. Nun war es halb neun, als sie am Eingang seiner Villa stand. Vielleicht wäre das eine Überraschung. Sie klingelte einmal. Ein Hund bellte, ein Kind öffnete und rief nach hinten: »Onkel, das Christkind!« Lametta hatte ihren Mantel geöffnet, das hauteng anliegende Silberkleid, das der Informatiker eben noch als eidechsenscharf empfunden hatte, wirkte mit seinem Glitzern auf das Knäblein offenbar heilig.

Der Brauereibesitzer kam, schielte und erschrak. »Sie sind zu früh«, sagte er entsetzt. Seine Mutter war hier, seine Tanten, Onkel, Neffen, Nichten. »Schon recht«, sagte Lametta und ging kühl an ihm vorbei in den Salon, in dem drei Neunzigjährige, fünf Achtzigjährige und ein paar

Kinder saßen. Ein neunzigjähriger Greis deutete auf Lametta und brüllte einer achtzigjährigen Greisin ins Ohr: »Was ist denn das für eine wunderhübsche Frau?« Der Brauereibesitzer litt Qualen. Das musste ihm als Masomann gefallen.

»Ich bin der Weihnachtsengel«, sagte Lametta, »aber ich muss mich wundern. Was ist das für ein gottloses Haus! Wo ist denn hier der Christbaum?«

»Sehr richtig!«, riefen die Achtzig- und Neunzigjährigen. »Wo ist der Christbaum?«

Lametta wandte sich an den Brauereibesitzer und ließ ihre Stimme schneidend werden. »In zwanzig Minuten steht hier ein Christbaum, sonst werde ich ungemütlich. Auf den Weihnachtsmärkten gibt es noch genug. Los!«

»Bravo!«, riefen die Greisinnen und Greise. »Endlich wird hier für Sitte und Tradition gesorgt.«

Nach zwanzig Minuten kam der Brauereibesitzer schwitzend und schnaufend mit einer Tanne an. Die Greise und Kinder klatschten.

»Schmücken!«, befahl Lametta der Frau des Brauereibesitzers. Die wand sich. »Los! Ich weiß, dass gewisse Silberfäden im Haus sind.« Lametta ließ nicht locker. »Und nette kleine Kerzen will ich flackern sehen!«

Als der Baum im Lichterglanz erstrahlte, hielt sich der Brauereibesitzer verzweifelt die Augen zu. Lametta zischte ihm zu. »Augen auf und singen! Drei, vier: ›Oh du fröhliche…‹«

Die Kinder und Greise fielen sofort ein, zunächst etwas zaghaft. »Soll das ein fröhliches Weihnachtslied sein?«, rief

Lametta dazwischen. Der Gesang wurde nach der Mahnung etwas temperamentvoller. Der Brauereibesitzer hielt sich die Ohren zu und biss sich auf die Lippen. Das war sie, die Hölle des Heiligen Abends. Der Albtraum seiner Kindheit. Dieses entsetzlich inbrünstige Jubilieren, diese niederträchtige Stimmungsmache. Lametta stieß den Leidenden in die Rippen: »Los! Mitsingen!«

Es wurden noch einige Klassiker abgesungen. »Ihr Kinderlein, kommet«, »Stille Nacht«, »O Tannenbaum«. Danach war der Brauereibesitzer am Ende. Er verschwand, übergab sich, kam extrem schielend wieder und sagte zu Lametta: »Jetzt ist mir besser.« Es war die härteste Tortur, die er je hatte erdulden müssen. »Die reine Katharsis«, sagte er, wischte sich den Schweiß von der Stirn, suchte nach seinem Portemonnaie und gab Lametta fünf Tausender. »Eine echte Katharsis«, sagte Lametta, »ist mehr wert. Ich wette, Sie sind Ihr Trauma ein für allemal los, während ich unter der verhassten Zeremonie am meisten gelitten habe – aber nicht gern.«

»Verstehe«, sagte der Brauereibesitzer, »Sie wollen Schmerzensgeld.« Und er legte zweitausend Mark drauf.

10. Der unbelehrbare Belehrer

Schon um zehn Uhr war Lametta beim stockkonservativen Chefredakteur. Er empfing sie jovial: »Muss mal wieder was für den guten Ruf tun.« Ihn kannte sie noch aus ihrer Zeit als Devisenhotelhostess in Ostberlin. Damals war sie neunzehn und er sechsundfünfzig. Er war herablassend gewesen, aber kein schlechter Liebhaber. Er hatte schon damals eine Art gehabt, die DDR als das letzte Loch zu bezeichnen, dass man sich gezwungen fühlte, das ungeliebte Land widerwillig zu verteidigen.

Heute, zwölf Jahre später, wollte er nicht mehr mit Lametta schlafen, er wollte sich aber noch immer gönnerhaft und belehrend über die DDR äußern. Seit sechs Jahren existierte diese Republik nicht mehr, aber sie blieb sein Thema. Die Art, wie er fast lüstern von den Machenschaften der Stasi raunte, war selbst völlig stasihaft. Er benutzte Lametta als Zuhörerin und fand ein Vergnügen daran, ihr seine unoriginellen reaktionären Ansichten und Kenntnisse so mitzuteilen, als seien es Wahrheiten, die sie nicht kennen konnte. Er erteilte Unterricht und brauchte eine Schülerin. Den Spaß ließ er sich etwas kosten.

Diesmal erklärte er Lametta, die fünfundzwanzig Weihnachten in der DDR erlebt hatte, blind vor Belehrungslust, dass auch in der DDR Weihnachten gefeiert wurde. Trotz Marx und seiner nicht ganz unzutreffenden Bemerkung von der Religion als Opium fürs Volk. Es habe von offizieller Seite lachhafte Versuche gegeben, das alte Ritual zu säkularisieren. So seien am Weihnachtsbaum hängende Engel von eifrigen Sprachschöpfern der volkseigenen Betriebe »geflügelte Jahresendzeitfiguren« genannt worden, sagte er triumphierend.

»Ich habe nicht in Australien gelebt in der Zeit, ich weiß das«, entgegnete Lametta mit spürbarer Ungeduld. Die aberwitzige Bezeichnung sei kein gutes Beispiel für den Aberwitz der DDR, fuhr sie fort. Kein normaler Mensch habe die Worte »geflügelte Jahresendzeitfigur« je in den Mund genommen. Es gebe schließlich auch im Westen Kunstworte, die es mit den Kreationen des abgeschmierten Ostens durchaus aufnehmen könnten. Sie finde Produktbezeichnungen oder Worte aus der Amtssprache wie »verstellbare Aufprallschutzvorrichtung«, »kommunale Rasenmäherlautstärkenrichtlinienveränderung« oder auch nur »sensorengesteuerte Sicherungsfensterheber« oder »verkehrswidriges Abbiegen« nicht weniger absurd als die berühmte »geflügelte Jahresendzeitfigur«.

»Sei meine geflügelte Jahresendzeitfigur, sei mein süßes kleines Stasihasi«, sagte der stockkonservative Chefredakteur plötzlich und setzte sich mit lächerlichen Erwartungen zu Lametta auf das Sofa.

»Wenn du mehr von mir willst, als mich mit deinen blöden Besserwissereien zu ärgern, musst du erst mal Begrüßungsgeld und Solidaritätszuschlag und Strafe für unbefugtes Belehren nachzahlen«, sagte sie kühl, kassierte und ging. Dieser verstockte Mann, der früher in seiner

Zeitung täglich vor dem Gespenst des Kommunismus gewarnt haben musste, konnte auch nach dessen Hinscheiden an nichts anderes denken.

Sie hatte in der diesjährigen Weihnachtszeit bisher zirka achtzig Kunden betreut. Fast alles Verdrehte. Nur ein halbes Dutzend Mal war es zu normalen Intimitäten gekommen. In den Tagen nach Weihnachten würde sie noch etwa zwanzig Besuche machen.

Das war wieder ein Rekordjahr. Mit vierhunderttausend Mark war mindestens zu rechnen. Sie fuhr zu Ferdinand. Er hieß eigentlich Ferdinand Mödl, aber Lametta nannte ihn »Ferdinand von Wien«, weil er aus der österreichischen Hauptstadt kam und so vornehm aussah. Manchmal sagte sie »Ferdinand, Freier von Wien«, obwohl er leider nicht ihr Freier oder ihr Liebhaber war. Eher ihr Edelzuhälter, ihr Berater und Geldverwalter. Er hatte sie zu dem gemacht, was sie war. Zu Lametta Laszív, zu einer Institution, zur Marktführerin im Bereich erotischer weihnachtlicher Begierden.

Ferdinand hatte sie beschworen, die elf Monate, in denen sie ihren Kundendienst nicht verrichtete und das Feld den Callgirlkolleginnen überließ, sinnvoll zu nutzen. Nach dem Abitur hatte sie begonnen, Informatik zu studieren. Sie hatte einen klaren Verstand. Ferdinand aber hatte seine Karriere als Schriftsteller vernachlässigt, fand Lametta. Vor lauter Liebeskummer kam er mit seinem Liebeskummerroman nicht weiter, und weil er schon seit längerem nicht mehr mit einer Neuerscheinung von sich reden gemacht hatte, las kein Mensch Ferdinands zwölf wunderbare Bücher, die bereits existierten und nun in Vergessenheit geraten waren. Das sollte sich ändern. Lametta war sicher, dass ihr heutiger Besuch beim brüllenden Literaturkritiker Wirkung haben würde. Wenn nicht, würde sie noch einmal rabiat nachhelfen.

Die Pfannkuchensuppe, mit der Ferdinand sie empfing, war genau das, wonach sich Lametta den ganzen Tag über gesehnt hatte. Altes Wiener Rezept. Nachdem sie den Teller leer gelöffelt und eine Flasche Rotwein getrunken hatten, fasste Lametta Mut und sagte: »Ich gefalle dir nicht.«

Da schaute Ferdinand von seinem Glas auf, blickte in ihr Gesicht und sah, dass sie schön war und reif. Vier Jahre lang hatte er das nicht bemerkt. Sie setzte sich auf seinen Schoß, er betastete ihr Lamettakleid und sagte: »Hey, das fühlt sich aber an!« Dann begann er, ihr das Kleid langsam abzustreifen, trug sie ins Bett und erkannte sie.

Epilog

Nach der Nacht mit Ferdinand fielen Lametta die zwischen den Jahren noch fälligen Besuche nicht leicht. Sie war zu ihren Kunden hart und ungeduldig. Die meisten mochten das. Am Silvesterabend zählten Lametta und Ferdinand das Geld im Koffer unter dem Bett. Es waren vierhundertdreiundneunzigtausend Mark. Ein bisschen schmerzte es Lametta, dass es keine runde halbe Million geworden war.

Anfang Januar fuhren sie nach Zürich, deponierten die Einkünfte auf einem Nummernkonto und machten sich schöne Tage und Nächte in einem Hotel. »Dass ich so lange nicht bemerkt habe, wie schön du bist!«, sagte Ferdinand. »Gott sei Dank«, sagte Lametta, »ich wäre nie lasziv geworden, wir wären arme Schlucker, und ohne Geld verkümmert die schönste Liebe.« Ferdinand küsste ihren Schoß. »Materialistinnen sind die märchenhaftesten Frauen«, sagte er, als er wieder auftauchte, streichelte ihr Gesicht und dachte nach. »Was ist?«, fragte sie. »Du warst früher nicht so schön«, sagte er, »du warst ein bisschen zu jung und zu leer. Deswegen habe ich dich nicht erkannt. Das professionelle Verkaufen von Liebe hat dich erst zu dem gemacht, was du jetzt bist.«

Wieder in Frankfurt, fiel Ferdinand auf, dass Lametta in den Feuilletons aller möglichen Zeitungen blätterte. »Seit wann interessierst du dich für das Geseich?«, fragte er, der von allen Feuilletons nur enttäuscht worden war. »Och«, sagte Lametta. Wenn der brüllende Literaturkritiker ihrem Diktat nicht Folge leisten sollte, würde sie ihm das fette Gesicht zerkratzen. Bis Ende Januar hatte sie ihm Zeit gegeben.

Am letzten Samstag im Januar wurden Ferdinand und Lametta morgens um halb neun vom Telefon geweckt. Eine Fernsehredaktion bat höflich um einen Drehtermin. Lametta und Ferdinand verstanden nicht. »Falsch verbunden«, sagte Lametta, und Ferdinand küsste sie: »Dass man das noch sagt«, sagte er, »›falsch verbunden‹, wo einen kein Fräulein vom Amt mehr verbindet.«

Die Fernsehredaktion war nicht falsch verbunden. Sie hatte auch nicht falsch gewählt. In der Samstagsbeilage der seriösesten Zeitung war eine Doppelseite über Ferdinands bisher unbeachtete Romane. Ein Donnerschlag. Lametta hätte das fette Gesicht des Literaturkritikers abknutschen mögen. Er hatte wie ein Löwe gebrüllt und Ferdinand als den ganz großen Dichter hingestellt. Er revidiere sein Urteil, dass in der deutschsprachigen Literatur keine erschütternden Werke mehr entstünden. Ferdinand sei die leuchtende Ausnahme. Im Abseits sei ein grandioses Werk entstanden, wie es eben nur ungestört vom lauten Lob und Tadel des eifrig wertenden Feuilletons entstehen könne. Er tat so, als habe er Ferdinands Werk genauestens verfolgt und bisher bewusst nicht rezensiert, um diesen außergewöhnlichen Autor, der die Bezeichnung »Dichter« wahrhaft verdiene, mit seiner Begeisterung nicht zu irritieren und auf eine falsche Bahn zu locken. Die Verkennungsphase sei sicher hart gewesen, aber habe sich bezahlt gemacht.

»Der Idiot!«, sagte Ferdinand.

»Du solltest ihm dankbar sein«, sagte Lametta.

»Es ist zu spät, jetzt fällt mir nichts mehr ein.« Ferdinand schüttelte den Kopf. »Frust macht nicht groß, sondern klein. Ich habe keine Lust mehr zu schreiben. Dein Zuhälter zu sein, macht mehr Spaß und ist einträglicher.«

»Aber ich kann meine verklemmten Kunden nicht mehr sehen. Ich habe vom Kundendienst die Nase voll«, sagte Lametta.

Da machten sie einen Plan.

Das Fernsehen kam und drehte einen Film über den so lange verkannten Ferdinand, der genau die Bücher geschrieben und veröffentlicht habe, deren Fehlen seit Jahren beklagt werde. Die Medien seien blind gewesen. Reumütig klopfte man sich an die eigene Brust und lobte den brüllenden Literaturkritiker als den Einzigen, auf den Verlass sei, der noch eine Nase für wirkliche Qualität habe. Er sei eben selbst mehr ein Schriftsteller als ein Kritiker. Man dürfte sich nicht wundern, wenn er plötzlich mit einem belletristischen Werk debütierte.

Ferdinand lächelte raffiniert und bescheiden erst in die Fernsehkamera, dann in achthunderttausend Wohnzimmer von Kultursendungszuschauern und sagte, was er mit Lametta ausgeheckt hatte: Er freue sich, dass seine Romane nun Aufmerksamkeit und nette Auflagen erführen, doch komme die Anerkennung insofern etwas spät, als er keine Bücher mehr selbst schreibe. »Wie das?«, fragte der

Reporter aufgeregt dazwischen. Er lasse jetzt schreiben, sagte Ferdinand wienerisch geheimnisvoll, er beobachte die neuen Medien mit Skepsis, aber nicht unaufgeschlossen und habe sich entschieden, ein Romanprojekt, das ihm nicht recht gelingen wolle, ins Internet zu stellen, wo es von den literarisch interessierten Internetnutzern zu Ende geschrieben oder endlos weitergesponnen werden könne. Ein Liebesroman, wo der Held den Frauen hinterherjage, die ihn verlassen hätten, und es sei ihm mittlerweile egal, ob er sie und welche er wieder zurückgewinne, das sollten die Leser beziehungsweise Internetsurfer selbst entscheiden.

Mit einem Schlag wurde Ferdinand als Verkannter bekannt und entzog sich gleichzeitig elegant dem stürmischen Interesse, indem er behauptete, dem Buch auf Wiedersehen gesagt zu haben. »Auf Wiedersehen heißt«, fügte er hinzu, »man trifft sich wieder.«

Sein Verleger kam und küsste ihn und brachte einen Scheck mit, denn Ferdinands alte Romane wurden jetzt viel gelesen. Andere Verleger und Justitiare tauchten auf und führten mit Ferdinand juristisch komplizierte Verhandlungen wegen des Internetromans, an dem sie großes Interesse hatten, weil das ein Novum war und keiner eine Chance verpassen wollte.

Ferdinand und Lametta nahmen den Rummel nicht ernst. Weil sie noch nie in New York waren, flogen sie dorthin. Lametta packte all ihre schicken, scharfen und empfindlichen Lamettasilberkleider ein und erregte selbst in dieser Stadt, die an den Anblick schriller Garderobe gewöhnt ist, einiges Aufsehen. »Jeden Abend werde ich dir ein Silberkleid vom Leib reißen«, sagte Ferdinand. Sie verschlissen dann aber täglich drei Kleider, während weltweit fünfhundert Literaten an Ferdinands Liebesroman weiterschrieben und von Neuseeland bis Kanada Internetdiskussionen darüber führten, welche der ungetreuen Frauen aus dem Romanentwurf wie reumütig zum Helden zurückkommen sollte.

Lametta hatte keine Lust mehr, in der kommenden Weihnachtszeit wieder »anschaffen zu gehen«, wie sie sagte. Ferdinand nickte: »Ich lasse schreiben, und du sollst anschaffen lassen.« »Lametta Laszív – Der gute Ruf« war längst zu einem Markenzeichen, zum Inbegriff eines ungewöhnlichen und begehrten Weihnachtenfeierns geworden. Der Name war Gold wert. Ferdinand traf einen seriösen Herrn aus der Frankfurter Rotlichtdynastie und führte Verkaufsverhandlungen.

»Verpachten«, sagte Lametta. »Für fünf Jahre.« Der Rotlichtboss wollte anfangs nur eine Million zahlen. Ferdinand machte ihm klar, dass auch andere Frauen, wenn sie nur geil und gebildet genug wären, Lamettas Job ausüben könnten und welche Summen sich in den wenigen Weihnachtswochen einfahren ließen. Er versprach ihm eine Kundenkartei mit mehreren hundert Personen, eine dreimal so lange Warteliste und die Adressen der besten Lamettahersteller und günstigsten Lamettawebereien und -schneidereien. Darauf wurde man bei drei Millionen handelseins. Dazu gab es einen Beratervertrag für Lametta über zehntausend Mark im Monat, auch um sicherzustellen, dass der Kundschaft der Liebesdienst in gewohnter

Qualität zukommen würde. Das Christentum war so ungeil. Endlich würde etwas Sex in das unsinnliche Fest der Liebe gebracht werden.

Ferdinand überlegt bereits, ob er den Amis, die das Weihnachtsfest »Xmas« nennen, nicht den Namen »seXmas« verkaufen soll. Im Übrigen hat er schon das nächste literarische Internetprojekt im Kopf. Literaten lenken ist leichter als selber schreiben.

Der brüllende Literaturkritiker hat Lametta stolz das Manuskript seiner Autobiopornographie geschickt. Ferdinand kürzt den Text gerade, um die schlimmste Blamage zu verhindern. Er hat dem Mann einiges zu verdanken. Daneben lernt er Klavier spielen. Lametta hat brav das Informatikstudium mit einem Diplom beendet, nimmt Gesangsunterricht und frappiert den Lehrer mit ihrer von Mal zu Mal lasziver werdenden Soulstimme. In der kommenden Weihnachtszeit wollen Lametta und Ferdinand in verschiedenen Großstädten auftreten.

Was nach dem glücklichen Ende geschah

11. Lob der Härte

Alles an Lametta war fest: ihre langen schlanken Beine, ihr schwungvoller runder Po, ihr handlicher Busen, ihr flacher Bauch, ihre eleganten Arme. Und fest waren auch die Vorsätze, ihren Weg zu machen. Lametta konnte hart sein, und wenn sie ihre hübschen Hände zu kleinen Fäusten ballte, waren auch diese hart. Sie war hart zu sich selbst gewesen und hart zu ihren Kunden, denn diese wollten es so. Hart und fair, und, wenn es sein musste, grausam. Nur Ferdinand kannte ihre weicheren Seiten.

Lamettas Aufstieg war unaufhaltsam gewesen. Untrüglich war das Gespür dieser jungen Frau aus dem Osten für die Bedürfnisse des westlichen Marktes, die sie mit linker Hand lasziv und lässig bediente. Doch auch eine kometenhafte Karriere hat ihre Einbrüche, ja die Kometenhaftigkeit verweist geradezu auf zeitliche Begrenzung, auf das Verschwinden und Verlöschen des strahlenden Sterns, weswegen sich Lametta in ihren legendären Silent-Night-Sessions die Bezeichnung »Komet« verbeten hatte, die ihr mancher weihnachtlich gesonnene Freier in den unkontrollierten Sekunden vor dem erlösenden Orgasmus stammelnd zugerufen hatte: »Du prachtvoller Komet aus dem Osten, der du mir den Weg des Heils gezeigt hast!« – »Sag das nie wieder, du kitschiger Schmachtsack!«, war dann Lamettas Antwort gewesen, und sie hatte ihre kleine harte Faust dem enthemmten Freier drohend unter das Kinn gehalten, auch wenn es ein leibhaftiger Minister war. »Ein Komet hat einen Schwanz«, fauchte sie, »wenn du so etwas brauchst, mein warmer Bruder, bist du bei mir falsch.«

Es kamen Tage, an denen Lametta die Erfahrung machen musste, dass der Markt, dessen Lücken sie jahrelang so gekonnt gefüllt hatte und der ihr so günstig gewogen gewesen war, sich auch gegen eine silbrige Halbgöttin wie sie richten und hart und grausam zu ihr sein konnte – härter und grausamer, als sie selbst es je war.

Als grausam harten Schlag empfand die vom Erfolg verwöhnte Lametta, die ihre Kundschaft bisher wie Silberfäden um die Finger gewickelt hatte, dass das Publikum ihren Künsten als Sängerin nicht im selben Maße erlag wie ihren Auftritten als lasziver weihnachtlicher Racheengel. Ihre dekadente Klientel hatte der Unvergleichlichen zu Füßen gelegen, die Besucher von Jazzlokalen hingegen hatten schon imposantere Stimmen gehört als die von Lametta, und auch Ferdinands Klavierbegleitung war nicht viel mehr als respektabel. Die Gäste klatschten kleckernd, und Lametta war in mancher miefigen kleinen Bühnengarderobe kurz davor, ein paar Tränen zu vergießen, denn insgeheim hatte sie erwartet, die Leute würden vor Begeisterung toben und sie auf Händen durch die Straßen tragen.

Sie musste lernen, dass sie nur als Lametta Lasziv einzigartig und konkurrenzlos gewesen war und dass ihr als Sängerin das gewisse Etwas entweder fehlte oder von einem achtlosen Publikum nicht zur Kenntnis genommen wurde. So rauchig sie auch sang, so attraktiv sie sich auch dazu bewegte, so hingerissen einzelne Besucher nach Autogrammen verlangten und sich nach weiteren Auftritten erkundigten: Es kam zwar neben einigen Sessions in Frankfurt zu weiteren in München, Köln, Berlin und, dank Ferdinands österreichischer Herkunft, auch in Wien. Aber aus der heimlich erhofften rauschhaften Tournee durch die Großstädte der Welt und den rekordverdächtigen Verträgen mit Plattenproduzenten wurde nichts. Lametta begriff, dass es leichter war, körperliche Lust zu verkaufen als die eigene Stimme.

Relativ erfolgreich wurde nur ein von Ferdinand geschriebener und vorgetragener Rap, den Lametta mit einem so hinreißend obszönen Tanz begleitete, dass Teile des Publikums empört die Vorstellung verließen. Besondere Aufmerksamkeit erfuhren Ferdinand und Lametta, weil sie ihren Hit »Gesang der Eier im kochenden Wasser« genannt hatten und die »Gesellschaft zur Förderung der Modernen E-Musik« ihnen mit einer einstweiligen Verfügung drohte. Dieser frivole Titel, hieß es, könne mit einem Werk der ernsten Musik verwechselt werden, nämlich mit dem Opus »Gesang der Jünglinge im Feuerofen«.

Die Presse aber war angetan, schrieb pompös etwas von einem »Schlag ins Gesicht der bürgerlichen Doppelmoral« und verzieh Ferdinand, der alles andere als ein geübter Rapper war, seinen holprigen Vortrag. Ferdinand fing an, indem er die Hände vor das Gesicht schlug und immer wieder wie ein hysterischer Sünder »Ich schäm mich so! Ich schäm mich so!« rief. Zu diesem ekstatischen

Bekenntnis begann Lametta, in die verruchtesten Häute gekleidet, wie ein Furie vor seinen und des Publikums Augen zu tanzen. »Ich schäm mich so! Ich schäm mich so! Ich schäm mich so!«, schrie Ferdinand und linste wie ein Spanner zwischen den leicht geöffneten Fingern seiner vors Gesicht gehaltenen Hände hindurch auf die furiose Tänzerin, die bereits dazu überging, die Häute von ihrem göttlichen Köper zu schleudern. »Ich schäm mich so!« An guten Tagen raste das Publikum bereits zu Beginn des Songs so sehr, dass Ferdinand nicht dazu kam, den gesamten Text vorzutragen. Schon die bloße Erklärung seiner kuriosen Scham genügte: »Ich schäm mich so! Ich schäm mich so! Ich schäm mich so! Weil ich ein Weichei bin, weil ich ein Weichei bin – weil ich ein weiches Ei bin.«

Meist allerdings blieb es Ferdinand nicht erspart, den gesamten Songtext abzurappen, was bei ihm, der alles andere als ein Hip-Hopper war, mehr ein notdürftiges Abhaspeln zu einer simplen Klavierbegleitung war. Eine Unvollkommenheit, die nicht weiter störte, weil Lamettas Tanz an Vollkommenheit und Ausdruckskraft nichts zu wünschen übrig ließ.

Gesang der Eier im kochenden Wasser

Ich schäm mich so! Ich schäm mich so!
Ich schäm mich so!
Weil ich ein Weichei bin, weil ich Weichei bin –
weil ich ein weiches Ei bin.

Bald fünf Minuten,
dann wird tönen ein Tuten,
schon ist mein Herz am Bluten,
denn die gottverdammten Puten,
diese Hartei-Hasser,
nehmen mich dann aus dem Wasser.
Diese Eierlöffelschlecker mit ihrem Frühstücksgemecker.

Ich schäm mich so! Ich schäm mich so!
Ich will kein Weichei sein, ich will kein weiches Ei sein!
Kein oberfeministischer Frauenversteher
und kein schleimiger Den-Frauen-die-Knöpfe-Annäher.
Als Hartei ist man eher ein Frauen-Kopf-Verdreher –
ich will ein Hartei sei, ich will ein hartes Ei sein.

Drum will ich noch ein Weilchen in dem heißen Wasser bleiben,
danach lass ich mich problemlos entleiben,
ich will nicht weich gelöffelt, ich will geschält werden,
auch ich habe meine Rechte hier auf Erden.
Ich will ein hartes Ei sein, ich will ein hartes Ei werden.

Schon hat man meine Freunde aus dem Wasser gefischt,
schon hat man sie in Bechern aufgetischt.
Schon werden sie gegessen, doch mich hat man vergessen,
schon bin ich zehn Minuten im Kochenden gesessen.

Das macht hart.

Ich bin so glücklich, und ich bin so froh,
denn ich bin nicht mehr weich, und ich bin nicht mehr roh.
Ich bin auch nicht etwa hart wie Nazi-Stahl –
bin nur ein hartes Ei: allererste Wahl,
zum Verspeisen ideal.

Und schöne Frauenhände, die werden mich wählen
und anschließend schälen,
und es wird mich nicht quälen –

im Gegenteil:

Wenn dann schöne Frauenaugen mit den langen
Wimpern klimpern
und ganz hin und her gerissen und geradezu beflissen
meine Formen – die enormen – so hingebungsvoll
betrachten,
werde ich heftig schmachten
und heftig, heftig danach trachten,
von ihren Fingern, diesen sachten,
sachte angefasst zu werden, und dann rund
in den Mund, in den Schlund –
und tiefer in die Dame vorzudringen,
denn nur harte Eier bringen
schöne Frauen zum Erklingen.

Nun fühle ich mich reich, denn ich bin nicht mehr weich,
und schon gar nicht bin ich smart –
ich bin zwölf Minuten hart.

Ich bin ein hartes Ei geworden, und wer will,
kann mich haben
und sich an meiner –
irgendwie noch immer:
weichen Härte laben.

Wenn auch Lametta als Jazz- und Soulsängerin nicht reüssierte, war der »Gesang der Eier im kochenden Wasser« als »Weichei-Rap« ein Überraschungserfolg geworden. Ein Musikvideo wurde gedreht, kursierte als Kultfilm und brachte Lametta und Ferdinand eine Einladung des Goetheinstituts Madrid ein, dessen aufgeschlossener Programmchef den Spaniern beweisen wollte, dass die deutsche Kultur nicht nur aus holdem Tiefsinn besteht.

12. Tanz der Furien

Es kam zu weiteren legendären Auftritten in Barcelona und Granada, die von Flamenco-Musikern flankiert wurden und endlich jenen Jubel auslösten, den Lametta so schmerzlich vermisst hatte. »*Somos huevos duros*« – »Wir sind harte Eier«, hieß der Song bei den Spaniern, die sich immer schon stolz als harte Männer fühlten und nun einen Grund mehr hatten, sich über die weichen Germanen zu amüsieren. Lametta wurde auf den Plakaten zu »Lametta la Furia«. Die bis anhin das züchtige Leben an der Seite eines deutschen Kulturbeamten führende oder spielende Gattin des Goethemannes nannte sich nun »Isabel la Furia«, hüllte sich in überwältigend blutrote Seidenkleider, die sie während ihrer Auftritte mit feurigen Rufen von sich warf, während ihre Tochter Judith mit tyrannenmörderischem Expressionismus den Säbel schwang und ihr Sohn Moritz den spanischen Rap-Text sprach: *Somos los huevos duros, duros gustamos a las mujeres*... Wir sind die harten Eier, hart schmecken und gefallen wir den Frauen...

Diese furiosen Auftritte veranlassten das Auswärtige Amt in Berlin als Aufsichtsbehörde des Goetheinstituts, eine Ermahnung auszusprechen: Gattinnen von Institutsbeamten sollten keine lasziven Feuertänze aufführen, in denen das weiche deutsche Wesen verunglimpft werde. Diese Ermahnung führte dazu, dass Lametta sofort nach

Berlin reiste, den Außenminister in seinem Amtssitz zur Rede stellte und mit den Worten auf die Backe schlug: »Diese Ohrfeige war schon lange fällig, mein Lieber!« Der Minister war klug genug, auf eine Anzeige zu verzichten und die Zurechtweisung vor der Presse zu verbergen – sehr zum Bedauern des geschäftstüchtigen Ferdinand, der sehr wohl wusste, welche öffentliche Aufmerksamkeit diese Ohrfeige erzeugt hätte. Eine Imageveränderung von »Lametta Lasziv« in »Lametta la Furia« hätte ihren musikalischen Aufritten volle Häuser beschert.

Der Außenminister entschuldigte sich bei Lametta und führte mit ihr in seinem Dienstzimmer ein dreistündiges Gespräch unter vier Augen, das bei einem Abendessen fortgesetzt wurde. Im Auswärtigen Amt wurden Gerüchte dementiert, wonach Lametta vom Minister der Posten als Botschafterin in Wien oder Rom angeboten wurde, und zwar mit den Worten: »Es kann nicht schaden, wenn du auch in diesen Schweineställen ein bisschen herumschlägst.«

Als Lametta aus Berlin zurückkam sagte sie nur zu Ferdinand: »Sei nicht traurig, dass ich nicht als Ministerohrfeigerin berühmt werde. Die große Performance-Künstlerin bin ich nicht. Ich will nicht als Kleinkünstlerin enden, die davon lebt, einmal einen Minister abgewatscht zu haben, und die nebenher einen besseren Bordellbetrieb unterhält. Wir müssen auch wieder einmal etwas anderes machen.«

Und obwohl Lametta, geboren am 24. Dezember 1965 in Frankfurt an der Oder, zu diesem Zeitpunkt noch nicht einmal die Mitte dreißig erreicht hatte, fügte sie leise hinzu: »Ich bin nicht mehr die Jüngste.« Diese Bemerkung fand der gleichaltrige Ferdinand so hinreißend, dass er sich verliebt über sie warf und ihr schwor, dass er in jedem Fall große Stücke von ihr halte, auch wenn sie nicht bereit sei, als »Lametta Lasziv« in die Reihe der berühmten Halbweltfrauen einzutreten, auch wenn sie nicht als »Lametta la Furia« in die Musikgeschichte eingehen wolle und nicht als »Lametta die Gerechte« in die Zeitgeschichte, als die strahlende Heldin, die den Minister zur Raison zu bringen versuchte.

13. Die gute Tat

Auch Ferdinand musste sich umstellen. Seine Karriere als Autor musste ebenfalls neu ausgerichtet werden. Das Lob des brüllenden Literaturkritikers, der seinerzeit von Lametta erpresst worden war, die ferdinandschen Bücher als verkannt zu preisen, hatte eine enorme Wirkung gehabt, aber auch Ferdinand zeigte der Markt seine eiskalte Schulter. Keine drei Jahre waren vergangen, und schon war Ferdinand aus Wien, der lange verkannte und plötzlich in den Himmel gehobene Liebling des Feuilletons und der Literatursendungen, wieder auf dem Weg in die Vergessenheit. Er hatte die Ratschläge der Agenten und Verleger in den Wind geschlagen und keinen Roman nachgelegt, weil er einmal eine Weile leben und lieben und nicht immer nur schreiben wollte, und schon hatte sich der launische Markt von ihm abgewandt.

Er hatte dem brüllenden Literaturkritiker, dessen autobiopornographisches Manuskript er eingesehen hatte, empfohlen, alle pornographischen Passagen rigoros zu streichen. Als normale Autobiographie seien seine Erinnerungen durchaus interessant. Fluchend und schnaubend hatte der brüllende Literaturkritiker diesen Rat beherzigt, und in der Tat wurde seine Lebensgeschichte ein gewaltiger Erfolg.

Die Streichungen retteten zwar seinen Ruf und machten sein Buch außerordentlich erfolgreich, aber er dankte es Ferdinand nicht. Im Gegenteil, er übersah ihn fortan und behauptete frech, er könne sich an diesen Wiener Autor nicht mehr erinnern. Damit trug er einiges dazu bei, Ferdinands Marktwert, der mit seiner Hilfe hochgehoben worden war, wieder herabzusetzen. Einige erboste Journalisten hatten sich vorgenommen, den brüllenden Literaturkritiker vom Sockel zu stoßen, und sammelten Stellungnahmen, die seine Willkürherrschaft belegen sollten. Im düpierten Ferdinand hofften sie, einen Kronzeugen zu finden – und zogen enttäuscht von dannen. Denn Ferdinand konnte ihm nicht böse sein. Der Literaturkritiker hatte die erotischen Passagen vernünftigerweise gestrichen, aber unwillig grunzend, was verständlich war – denn wessen Herz pocht nicht unvernünftig für die Liebe, wer erinnert sich nicht gern an die Wollust, wer hängt nicht dieser Erinnerung zuliebe an den schlüpfrigsten Stellen? Der Groll des Literaturkritikers auf die Vernünftigkeit war auf Ferdinand übergegangen, in dem er nicht einen Förderer seines Erfolgs, sondern den Zensor seiner Gelüste sah. Seiner Seriosität zuliebe hatte er seine eigenen unseriösen Gelüste geopfert. Das tat ihm weh. Nicht zu Unrecht machte er Ferdinand für dieses schmerzliche Opfer verantwortlich und mochte ihn daher nicht.

Die literarischen Internetaktivitäten, mit denen Ferdinand sich beschäftigt hatte, lösten sich zu seiner großen Befriedigung in Luft auf, denn er hatte nichts anderes gehofft, als dass dieses Medium sich für das Schreiben als untauglich erweisen würde. Seiner Skepsis und seinem Ekel vor der hysterischen Geschäftigkeit mit den neuen Medien war es zu verdanken, dass er keinen Cent des gemeinsamen Vermögens in Aktien dieses verhassten Neuen Marktes investiert hatte, und als dieser schließlich seinen längst verdienten Zusammenbruch erlitt, hatten Lametta und Ferdinand keinerlei Einbußen zu beklagen.

Doch ihre Schadenfreude währte nicht lang. Sie mussten erfahren, wie der Zerfall eines Marktes auch dem Schaden zufügen kann, der sich instinktiv von dem lachhaften und maroden Neubau ferngehalten hat. Die Rotlichtbosse, die Lamettas Firma »Lametta Laszív – Der gute Ruf« gepachtet hatten, waren mit einem Mal nicht mehr solvent. Sie hatten alle Gewinne des blühenden Geschäfts in blinder Gier in den Neuen Markt gesteckt – und nun mussten lästige Konkursverhandlungen geführt und ein neuer Pächter gesucht werden. Lametta und Ferdinand erinnerten sich in dieser Zeit an die schönen Tage, als Lametta noch aktiv anschaffen gegangen und mit Bündeln von Bargeld nach Hause gekommen war, über die sie sich diebisch freuten, ohne auf die perverse Idee zu kommen, das Geld irgendwo anlegen zu müssen.

Ein korrupter Konkursverwalter brachte obendrein Drogenprobleme in die Firma, die Polizei machte Razzien, und die Kunden reagierten verunsichert. Etliche waren schon früher abgesprungen. Ohne die weihnachtlichen Auftritte der echten Lametta hatten sie keine Erfüllung mehr gefunden, und auch die ausgesuchtesten, silbrigsten, von Lametta und Ferdinand höchstpersönlich eingestellten Lametta-Ersatz-Girls konnten ihnen die originale Lametta-Befriedigung nicht verschaffen. Lametta hatte es sich deshalb zur Gewohnheit gemacht, ihre treuesten Stammkunden, die sie an Weihnachten einst verarztet hatte, nun jeweils in Frankfurts bestes Hotel zu einem Essen einzuladen.

LAMETTA LASZIV
Die gute Tat

stand auf der Einladungskarte. Sie kamen alle, der Dresdener Juwelier, der brüllende Literaturkritiker, der perverse Umweltsteinpilz, der masochistische Brauereibesitzer und der stockkonservative Chefredakteur. Sie waren wenn nicht Freunde, so doch gute und völlig ungenierte Bekannte geworden, begrüßten sich, beschenkten Lametta, und der Juwelier hielt eine Rede und sagte, der so grausame und so wahre Satz des Kapitalismus, vor dem die härtesten Manager zitterten, der Satz nämlich »Niemand ist unersetzlich« stimme so nicht, er müsse ergänzt werden: »außer Lametta der Unersetzlichen«. Große Zustimmung. Die Kunden schwärmten von den alten Zeiten. »Niemand konnte je so schön mit Lametta peitschen wie du«, sagte der Brauereibesitzer. »Keine der Ersatz-Lamettas konnte sich so elegant das Silberkleid abstreifen«, seufzte der Umweltsteinpilz. »Wenn ich daran denke, wie Sie mir zugehört haben«, brummte der brüllende Literaturkritiker, und eines seiner Augen wurde feucht. Sein ganzer Erfolg könne ihm gestohlen bleiben, fügte er, so leise, wie er noch nie gesprochen hatte, hinzu. Da küsste Lametta den Alten mitten auf den kahlen Kopf. Er deutete auf Ferdinand und sagte zärtlich: »Den da beneide ich um dich.« Dann wurde er unvermittelt laut: »Um seine Bücher beneide ich ihn nicht!« Ferdinand streckte ihm die Zunge heraus.

Schließlich wurden Ferdinand und Lametta gebeten, ihren »Weichei-Rap« aufzuführen, und sie taten der fröhlichen Gesellschaft den Gefallen.

14. Die Wahrheit kommt ans Kerzenlicht

So oder ähnlich festlich, friedlich und beschwingt war es an den Weihnachtsabenden nach Lamettas Ausscheiden als Aktive zugegangen. Jetzt aber drückten Sorgen auf Lamettas sonst so gute vorweihnachtliche Stimmung.

»Lametta Lasziv – Der gute Ruf« war von der Öffentlichkeit, von der Stadtverwaltung, von der Polizei und selbst von der Presse immer als unverdächtiger, ja edler Callgirl-Ring angesehen worden, als das Exklusivste, was das manchmal schmuddelige Frankfurt in dieser Richtung zu bieten hatte. Mit einem nachsichtigen Lächeln auf den Lippen hatten selbst die doppelmoralischsten Stadträte keine Einwände. Nun hatten hässliche Vorfälle, die in Not geratene Politiker oft beschönigend als »Unregelmäßigkeiten« bezeichnen, das Image der erotischen Vorzeigefirma ramponiert, und die Presse verlor sofort ihren Respekt.

DIE WAHRHEIT KOMMT ANS KERZENLICHT

titelte hämisch eine Boulevardzeitung und berichtete genüsslich, wie der zu Beginn der neunziger Jahre von einer gewissen Helga Müller, genannt Lametta Lasziv, aufgebaute Ring – einst gegründet mit dem hochherzigen Ziel, vor allem an Weihnachten die erotische Not einsamer Menschen zu lindern – zusehends heruntergekommen und zum Tummelplatz zwielichtiger Kunden, skrupelloser

Dealer und zweitklassiger Prostituierter geworden sei. »Der gute Ruf« habe keinen guten Ruf mehr – es gab kaum eine Zeitung, die sich diese alberne, nahe liegende Formulierung entgehen ließ.

Lametta litt. Ihre schönen vollen Lippen wurden schmal. »Lametta Lasziv – Der gute Ruf« war ihr Kind, ihr Lebenswerk, und sie konnte nicht mit ansehen, wie es in den Schmutz gezogen wurde. In ihrem Missmut wollte sie schon das weihnachtliche Traditionsessen mit ihren einstigen Stammkunden ausfallen lassen. »Was das kostet!«, sagte sie, die sonst so großzügig war, zu ihrem Ferdinand. Der aber fasste sie an den Schultern, schüttelte sie und sagte: »Jetzt übertreib mal dein Unternehmerdenken nicht! Bloß weil die Dukaten nicht wie gewohnt prasseln, gibt es noch lange keinen Grund, eine nette Sitte aufzugeben.«

So fand auch in diesem Krisenjahr das weihnachtliche Abendmahl im Nobelhotel statt, Lametta trug wie immer eines ihrer silbernen Lametta-Kleider, nicht das aufreizendste, denn die Gäste sollten sich mit wohliger, aber nicht mit schmerzhafter Wehmut an die schönen Stunden mit ihr erinnern. Der perverse Umweltsteinpilz hatte abgenommen und sich von seiner Steinpilzfrisur getrennt. Er sah nun plötzlich manierlich aus und wurde von Lametta mit einem Kuss in den nun endlich nicht mehr mit fettigen Haaren verhängten Nacken belohnt. Der brüllende Literaturkritiker war in aufgeräumtester Laune und fragte Lametta, was sie davon hielte, wenn er die aus seiner Autobiographie entfernten erotischen Passagen als Privatdruck anonym veröffentlichen und in ihrem Club auslegen würde. Der masochistische Brauereibesitzer hatte einen Urlaub in Kuba hinter sich und schwärmte Lametta von den kaffeebraunen karibischen Frauen vor.

15. Die Kampagne oder Image ist alles

Bald nach Weihnachten hielten Lametta und Ferdinand eine kleine Krisensitzung ab. Es gab einiges zu klären. Lametta wollte ein Kind. »Ich bin fünfunddreißig«, sagte sie, es wird Zeit. Ferdinand aber wollte kein Kind. »Du siehst aus wie sechsundzwanzig«, sagte er und argumentierte weiter: »Ich komme aus Wien, ich habe einen kaiserlichen Namen, ich habe ein Recht auf Dekadenz. Ich muss mich nicht fortpflanzen, das ist so gewöhnlich.«

Lametta sagte: »Ich muss die Firma auf Vordermann bringen, so geht es nicht weiter.« Ferdinand lachte: »Fehlt nur noch, dass du die Arme in die Hüften stemmst, wenn du solche Sätze sagst.« Lametta nahm Kontakt mit einer Werbeagentur auf und ließ sich von zwei jungen Männern mit glatt rasierten Sonnenbankschädeln und unrasierten Wangen beraten.

Der Name »Lametta Lasziv« sei vor einigen Jahren Gold wert gewesen, flüsterten sie, wirklich ein Spitzen-Label, jetzt komme es darauf an, diesen in Mitleidenschaft geratenen Namen mit einer Imagekampagne wiederaufzubauen. Sie machten einen Kostenvoranschlag, und Lamettas Augenbrauen zogen sich zusammen. »Frau Müller«, flüsterten die Kahlköpfe verschwörerisch, »Image ist ein und alles, Image kostet Geld. Manche Unternehmer aus dem Osten können es immer noch nicht begreifen, dass Marktwirtschaft über Image funktioniert. Das Image eines Labels will gepflegt werden.« Sie lächelten, und ihre Ohrringe zitterten leicht. »Frau Müller«, raunten sie jetzt nicht mehr ganz so leise, »Sie kommen um eine Kampagne nicht herum, das wissen Sie doch, Sie kommen doch nicht aus dem Osten.«

»Raus, ihr Werbe-Nazis!«, sagte Lametta.

»Hey, haben Sie was gegen Schwule?«, sagten die kahlen Köpfe.

Lametta probierte es mit einer anderen Agentur. »Ich möchte von Frauen beraten werden«, sagte sie und erwartete zwei »Kostümschicksen«, wie sie die Geschäftsfrauen für sich nannte. Es erschienen aber zwei Frauen in ihrem Alter in klumpigen Turnschuhen und Teenagerhosen, die oben eng und unten weit waren. Solche Geschmacksverirrungen wären früher begierig von den Ahnungslosen in der DDR aufgenommen worden. Lametta starrte finster auf den nackten Nabel einer der beiden Frauen. Sie trug eine gehäkelte Strickjacke, die unterhalb des Busens mit einem Knopf lose geschlossen war und sich dann öffnete. Zum Kotzen, fand Lametta. Die beiden Werbefrauen rieten zu einer Erweiterung der Produktpalette. Nicht nur auf der Eros-Schiene fahren. Der Name »Lametta Laszív« dürfe nicht nur mit Sex, er müsse langfristig auch mit Chic in Verbindung gebracht werden. Deswegen sei zu erwägen, ob man nicht eine Parfümreihe mit dem Namen »Lametta Laszív« auf den Markt werfen solle. Ein Logo müsse entwickelt werden. Die Grafiker der Agentur seien top. Auch Portemonnaies, Damenterminkalender und Handtaschen könnten unter dem Label

»Lametta Laszīv« erfolgreich vermarktet werden, sagten sie und schwenkten ihre Handtaschen, die so spießig waren, dass nicht einmal die westgeilste DDR-Tussi sie früher hätte haben wollen.

»Raus!«, sagte Lametta nur.

16. Die Schatten der Vergangenheit

Eines Tages erhielt Lametta einen Besuch, der ihr unangenehm war: der Hoteldirektor aus ihren Ostberliner DDR-Tagen, wo sie ihre erotischen Lehrjahre verbracht hatte. Er war so unansehnlich geworden, dass sie ihn zuerst nicht wiedererkannte. Er saß ihr eine Weile süßlich grinsend gegenüber und sagte dann: »Nu…« Lametta hatte vergessen, dass er Sachse war. Unglaublich, wie unverkennbar sächsisch die Sachsen diese eine kleine Silbe aussprechen konnten: »Nu… «
Lametta verstand nicht, dass der Mann sich nicht vor ihr genierte. Er war einer von denen, die nicht aus Überzeugung, sondern einzig aus hemmungslosem Karriere-Eifer mit den Leuten vom Staatssicherheitsdienst kooperiert hatten. Sie kannte aus DDR-Zeiten Dutzende solcher Kreaturen, und sie taten ihr fast leid. Sie hatte einmal mit Ferdinand darüber gesprochen und ihn gefragt, ob er nicht ein Buch über solche Leute schreiben wolle: »Nie ein Rückgrat gehabt – und nun trotzdem gebrochen, das ist schon apart«, hatte Ferdinand gesagt, meinte aber, die Österreicher seien noch schlimmer.

»Nu… Helga, du hast's also geschafft«, sagte der Ex-Hotelchef. Es war klar, dass sie dieser Wanze irgendwie helfen sollte, auf die Beine zu kommen. Lametta hatte nicht die geringste Lust dazu. Ihren alten Namen, Helga, hatte sie schon lange nicht mehr gehört. Auch das stieß sie ab. Sie wollte ihn loswerden, und er merkte es. Da beging er in seiner Not einen schweren Fehler. Er sagte: »Nu... was du da so gemacht hast, war auch nicht immer alles sauber gewesen«, und er grinste zuckersüß. Sie war die Einzige, die er kannte, die es geschafft hatte. Sie hatte den Durchblick. Und wenn sie ihm nicht helfen würde, in diesem verfluchten kapitalistischen System Fuß zu fassen, dann...

»Was dann?«

»Nu... wir verstehen uns, Helga.«

Es war weniger sein sinnloser Erpressungsversuch als diese Redewendung: »Nu... wir verstehen uns«, diese dunkel raunenden Worte, die man früher in der DDR des Öfteren hatte hören können, wenn Idioten sich untereinander zur Vernunft bringen wollten, diese ekelhaft dummen, nicht einmal scharf drohenden, sondern nur dumpf und stumpf mahnenden Worte waren es, die Lametta außer sich brachten. Sie zog langsam den Gürtel aus ihrer Jeans, ging auf ihren Erpresser zu, trat ihn mit dem Fuß, und schaurigerweise kippte er gleich vom Stuhl wie ein Stück faules Obst. Lametta sah seinen formlosen Hintern unter der formlosen Hose und schlug mit ihrem Gürtel auf das Scheusal ein, bis sie nicht mehr konnte. Sie hatte ihre Freier auf deren Wunsch hin oft mit gemischten Gefühlen gepeitscht und wusste inzwischen, dass der körperliche Schmerz der Gepeitschten weniger groß ist, als erschrockene Laien meist annehmen.

»Entschuldige«, sagte sie dann, »das musste sein. Los, jetzt erpress mich!«

Er versuchte es tatsächlich. Es war rührend. Alles, was Lametta, die damals Helga Müller hieß, in jenem Ostberliner Devisenhotel mit ihren zahllosen Westkunden gesprochen hatte, war säuberlich protokolliert worden. Er besaß die Mitschriften.

Lametta lachte: »Du weißt, dass ich die Leute gewarnt habe, die ich aushorchen sollte.«

Er lächelte wieder süßlich-faulig: »Was glaubst du, dass so ein Protokollabschreiber aus einem bisschen Tonbandgestöhn alles heraushören kann. Darauf kommt es gar nicht so an. Alles harmlos. Was du nicht wusstest: Ich habe dich als meinen Stasi-Spitzel geführt. Du bist aktenkundig. Dein Deckname ist übrigens ›Christkind‹. Bei deinem Geburtstag lag das nahe. Es gibt eine Menge Leute, die ihre Akten eingesehen haben und gerne wüssten, welchem süßen kleinen Christkind sie da auf den Leim gegangen sind.«

Lametta hatte ihm aufmerksam zugehört, und seltsamerweise empfand sie nicht Zorn, sondern nur Mitleid. »Du bist ein Schwein«, sagte sie lächelnd, »ein armes Schwein. Du hast mir einen künstlichen Flecken in meine Biographie gemalt, und ich nehme an, du bietest mir gleich an, ihn wieder zu entfernen, wenn ich dir einen Gefallen tue. Aber der Flecken ist mir egal. Er schadet mir nicht. Ich will nicht Bürgermeisterin von Berlin werden.«

Jetzt lächelte er nicht mehr süß, sondern triumphierend: »Aber Ehrenbürgerin von Dresden.«

17. Die Ehrenbürgerin

Es war kein Witz, beziehungsweise es war einer: Der Mann aus dem Osten hatte es schriftlich. So angeschlagen der Ruf von Lamettas laszivem Frankfurter Eros-Unternehmen zwischenzeitlich auch gewesen war, ihr Ruf hatte sich in den Ländern der alten DDR unangefochten verbreitet. Auf etlichen Schulungen, mit denen fixere Ostler den lahmeren in teuren Kursen beizubringen versuchten, wie man mit dem Kassieren saftiger Gelder im feindlichen Kapitalismus über die Runden kommt, war ihre Erfolgsstory oft als Musterbeispiel dafür angeführt worden, wie man als Mensch aus dem hintersten Osten in wenigen Jahren im Westen ein Vermögen erwirtschaften kann, wenn man nicht verpennt, sondern findig ist. Ohne ihr Wissen war Lametta zur heimlichen Kultfigur des entrechteten Ostens geworden: zur Hoffungsträgerin aller zu kurz gekommenen Ex-DDRler, zu einer Art Jeanne d'Arc der neuen Bundesländer, zur Schutzheiligen der Kapitalismuskritik, zur »Rächerin der erniedrigten und beleidigten Ostdeutschen, die als deren Stellvertreterin die verkommenen Westdeutschen mit Schwung über den Tisch zieht«, wie eine sogenannte »ostalgische« und somit den Wonnen der Planwirtschaft hinterherweinende Zeitung schrieb.

Lamettas fast charismatisches Ansehen im Osten hatte dazu geführt, dass verschiedene Städte sich mit dem Gedanken trugen, ihr die Ehrenbürgerschaft anzutragen, so auch Dresden. Da Lametta mit Sex und Eros erfolgreich geworden war und nicht in einer unverfänglicheren Branche, gab es freilich immer genügend Spießer, die gegen ihre Ehrenbürgerschaft Bedenken hatten. Lamettas Ex-Chef hatte nach der Wende einen Job als Nachtportier in einem neuen Berliner Protzhotel sehr schnell verloren, als seine Spitzeltätigkeit als DDR-Hotelmanager sich nicht mehr leugnen ließ, und trieb sich nun schon fast seit zehn Jahren in Dresden als Arbeitsloser herum. Er hatte viel Zeit, um mit alten Stasi- und SED-Freunden Bier zu trinken, und war im Bilde, wie sich Ehrenbürgerschaften hintenherum beschleunigen oder verhindern ließen. Gegen ein paar Gefälligkeiten würde er sie beschleunigen, andernfalls würde er Lametta als Spitzel Christkind enttarnen. Dann könnte sie sich die Ehrenbürgerschaft abschminken. »Nu... wir verstehen uns, Helga.«

Das war zu viel. Lametta brauchte selten einen Schnaps, jetzt war es so weit. Sie füllte dem erpresserischen Ex-DDR-Hotel-Stasimann auch ein Glas. Er schmatzte russisch. »Wie war dein Deckname?«, fragte sie.

»Lupus«, sagte er stolz.

»Sehr gefährlich«, sagte Lametta und goss Schnaps nach. »Du bist ein süßes dreckiges Marzipanschwein, Lupus«, sagte sie, »ein so hinreißend stehen gebliebenes volkseigenes DDR-Arschloch! Das ist so bezaubernd spießig, so umwerfend rührend von dir, dass du glaubst, mir könne daran gelegen sein, Ehrenbürgerin von Dresden zu werden, dafür könnte ich dich abknutschen. Ich glaube, jetzt will ich es wirklich werden. Was kriegst du dafür, wenn die von dir hinterfotzigem Dreckskerl gefälschten Akten verschwinden?«

Spitzel Lupus nannte einen lächerlichen Preis. Ihm ging es vor allem darum, durch Lametta eine Verbindung in den Westen zu haben, und sie wiederum hatte das Gefühl, es könne nicht schaden, eine ehemalige Stasisau zu kennen.

Lupus ließ Lametta die Akte »Christkind« bald darauf zukommen und erhielt dafür einen Scheck. Lametta überflog die absurden Abschriften der absurden Gespräche, die sie, vor zwölf Jahren erst, in einer völlig anderen Welt mit aufgegeilten westlichen Geschäftsleuten geführt hatte – in einer Welt, die hundert Jahre zurückzuliegen schien. Sie gab die Akte an Ferdinand weiter, und er meinte, wenn ihm einmal nichts Besseres einfalle, werde er ein Theaterstück daraus machen.

Kurz darauf wurde Lametta zur feierlichen Verleihung der Ehrenbürgerwürde nach Dresden eingeladen. Ferdinand wollte den Wahnsinn festhalten und ließ ein kleines Aufnahmegerät mitlaufen, Ex-Spitzel Lupus begutachtete das Modell fachmännisch. »Dresden, die Heimatstadt des Vaters von Frau Helga Müller, verleiht dieser die Ehrenbürgerwürde, weil sie den Dresdenern und auch anderen Bewohnern der ehemaligen Deutschen Demokratischen Republik Mut macht, im System des ehemaligen Klassenfeindes erfolgreich Fuß zu fassen«, hieß es in der Begründung. »Wann sind wir endlich gleich?«, wurde in einer der vielen furchtbaren Reden mit Tremolo gefragt. In ihrer Dankesrede beschwor Lametta das spießige ostdeutsche

Festaktpublikum, nie so spießig wie die Westdeutschen zu werden. Der Beifall war unsicher. Lametta wusste selbst nicht, inwieweit sie es ernst oder aber ironisch gemeint hatte. Als ein Zwischenrufer wissen wollte, wie sie als Kapitalistin den Abschied von der D-Mark und die Einführung des Euro einschätze, tröstete sie den altkommunistischen Sachsen: Die neue Währung spreche sich auf Sächsisch auch nicht schlecht aus: »Einmal Liebe de luxe mit Lameddah Lasziv kostet fünfhundert Oiro.«

18. Dunkle Geschäfte

Bald danach erhielt Lametta einen Anruf vom perversen Umweltsteinpilz, der keine Steinpilzfrisur mehr trug und nicht mehr pervers war. Für die Umwelt war er immer noch zuständig, und zwar schon seit einiger Zeit in einem wichtigen politischen Amt.

»Hallo«, sagte Lametta gut gelaunt, »wie geht es deinem Trennmüll? Hast du dein Stubentrennmülltonnensystem noch?« Er lachte und wollte zur Sache kommen. Lametta dachte plötzlich an seine neue hübsche Frisur, die er an Weihnachten gehabt hatte, und sagte: »Früher hast du immer ›zur Sache‹ gesagt, wenn du scharf warst und ich mein Silberkleid ausziehen sollte. Eigentlich schade, dass du jetzt ziemlich sicher etwas anderes meinst.«

»Erinnere mich bitte nicht an früher«, sagte der Ex-Umweltsteinpilz.

»Warum nicht«, sagte Lametta, »war doch schön.«

»Ich war verrückt«, sagte der Ex-Umweltsteinpilz, »ich habe eine Therapie gemacht. Jetzt bin ich normal.«

»Schade«, sagte Lametta.

Es dauerte etwas, bis der Ex-Umweltsteinpilz zur seiner Sache kam. Er wand sich vor Verlegenheit, so wie er sich früher vor Lust gewunden hatte. Das Sichwinden war nicht wegtherapiert worden. Die Sache, zu der er kommen wollte, war ein Fall von Gut und Böse. Schwach war das Gute, stark das Böse. Er versuchte als wackerer Umweltpolitiker in der guten Opposition den bösen Abriss von ein paar alten Fabrikhallen zu verhindern, in denen Künstler lebten. Ein gigantischer neuer Bürokomplex sollte hier entstehen. Die offiziellen politischen Mittel, die Untat zu verhindern, waren erschöpft. Nur Lametta konnte noch helfen.

Der Ex-Steinpilz führte Lametta durch die bedrohten Hallen, um sie von der Notwendigkeit ihres Erhalts zu überzeugen. Lauter nette Künstler waren mit dem Erzeugen von lauter grässlicher Kunst beschäftigt. »Das hättest du mir besser nicht zeigen sollen«, sagte Lametta. »Wenn diese Ateliers dem Erdboden gleichgemacht werden, ist das kein Schaden für die Kunst.«

Dann telefonierte sie mit Ferdinand, der zurzeit in Wien war und mit anderen Künstlern an theatralischen Exekutionsprogrammen arbeitete. Der Plan war, allabendlich auf dem Heldenplatz der österreichischen Hauptstadt die Hinrichtung reaktionärer Regierungspolitiker zu spielen. Ferdinand sagte: »Schlechte Kunst ist weniger schlimm als schlechte Politik.«

Lametta hatte sich vorgenommen, politisch niemals aktiv mitzumischen. Aber manchmal muss man auch seinen Vorsätzen untreu werden. »Du kannst mit meiner Hilfe rechnen«, sagte Lametta zum Ex-Steinpilz, »ich werde dir Papiere zukommen lassen, mit denen du die politische Karriere deines Gegenspielers beenden kannst.« Der Gegenspieler war ein Freund des Ministerpräsidenten, und wenn ihr das gnädige Schicksal schon keine Gelegenheit gab, diesen widerwärtigen Menschen mit seinem verstockten Matrosenanzugsgesicht so lange auszupeitschen, bis er schwor, den europäischen Kontinent zu verlassen und sich nie wieder hier blicken zu lassen, dann wäre es zumindest ein gewisses Vergnügen, die politische Existenz eines seiner ihm an Ekelhaftigkeit ebenbürtigen Parteifreunde zu vernichten.

Natürlich verkehrte dieser Mann in den gehobenen Frankfurter Rotlichtkreisen, und es wäre ein Leichtes gewesen, ein Mädchen zu finden, das den abrissgeilen Grobian wegen Körperverletzung angezeigt hätte. Doch das hätte Lametta unfair gefunden. Er war ein Schwein, aber er hatte keine Frau verletzt. Allerdings hatte er zu DDR-Zeiten krumme Geschäfte in Ostberlin gemacht, sehr krumme Geschäfte, für einen konservativen Regierungspolitiker etwas zu krumm. Jetzt zahlte sich ihr guter Draht zu Ex-Spitzel Lupus aus. »Du altes Schwein kannst dir noch einmal fünftausend verdienen«, sagte Lametta am Telefon zu ihm, und eine Woche später hielt sie erschlagendes Belastungsmaterial in den Händen und gab es an den ehemaligen Steinpilz weiter. Von einem Abriss der alten Hallen war dann schon bald nicht mehr die Rede. Zu Lamettas Ärger nahm sich der potenzielle Abreißer aber nicht das Leben, und auch der widerwärtige Ministerpräsident mit dem Matrosenanzugsgesicht musste nicht zurücktreten.

»Danke«, sagte der ehemalige Steinpilz etwas blass und fügte hinzu: »Du könntest ebenso gut mich ruinieren, stimmt's?«

»Dich ruiniere ich nur, wenn du mich jetzt nicht zum Essen einlädst«, sagte Lametta.

19. Die Blume von Havanna

Nachdem Lametta die Werbestrategen an die Luft gesetzt und ihren Rat in den Wind geschlagen hatte, war das Problem noch nicht gelöst, wie der angeschlagene Ruf des Unternehmens »Lametta Lasziv« repariert und der Laden wieder in Schuss gebracht werden könnte. Die alten Kunden und andere einflussreiche Freunde boten ihre Hilfe an, der Ex-Steinpilz spekulierte, ob die Firma nicht als erotisches Wahrzeichen Frankfurts eine öffentliche Finanzspritze verdient hätte. »Ihr Politiker habt doch alle eine Meise«, sagte Lametta, »ihr seid doch alle etwas D-D-R!«

D-D-R. Sie tippte bei jedem Buchstaben mit ihrem schönen Zeigefinger an ihre schöne Schläfe. D-D-R. Das war für sie ein Synonym für plemplem geworden. D-D-R. Nicht ganz dicht. Eine Meise haben. Es ging auch zehn Jahre nach dem Untergang der DDR noch ziemlich DDR-mäßig zu, fand sie. Die ganze Menschheit war etwas D-D-R.

Ferdinand war noch immer in Wien und schrieb dort einen Roman über den Untergang Österreichs. Zurzeit solo, war Lametta mehr denn je voller Tatendrang und wurde aktiv. Nicht das Image, das Produkt musste verbessert werden, fand sie. In der Beziehung war sie altmodisch. Als sie den korrupten Konkursverwalter los war, nahm sie die Sanierung ihres kleinen feinen und einst enorme Gewinne abstoßenden Unternehmens selbst in die Hand.

Die für »Lametta Lasziv – Der gute Ruf« arbeitenden Callgirls waren zum Teil faul und lieblos. Lametta machte ihnen Beine. Wer zu fett war, musste abspecken. Sie brachte ihnen bei, was es heißt, Herrin und Dienerin der Liebe zugleich zu sein. Bei der Gelegenheit verliebte sie sich sogar ein bisschen in eine kleine Chinesin. Einige unbelehrbare Mitarbeiterinnen entließ sie. »Faul, fett und lieblos«, schrie sie, »das ist zu viel, Mädchen, du bist ja völlig D-D-R.«

Es fehlte an atemberaubend schönen Frauen. Ohne atemberaubend schöne Frauen, für deren Blicke ein vernünftiger Kunde all sein Vermögen hinzugeben bereit war, würde die Firma nie florieren. Lametta beschloss, nach Kuba zu reisen, und beantragte ein Visum. Die kubanische Botschaft informierte sofort die Ministerien in Havanna. Der Empfang war überwältigend. Ferdinands und Lamettas alter Weichei-Rap, der in Spanien unter dem Titel »*Somos huevos duros*« durch die spektakulären Aufführungen von Isabel la Furia und ihrer begnadeten Kinder ein Hit geworden war, hatte den Sprung über den Atlantik geschafft und begeisterte nun auch die lateinamerikanischen Länder.

»*Bienvenida Lametta la Furia, creadora divina de la famosa canción de los huevos duros*« – »Willkommen, Schöpferin der harten Eier«, las Lametta auf den Begrüßungstransparenten einer kleinen Delegation, als sie in Havanna aus dem Flugzeug stieg.

Eigentlich war sie gekommen, um selbst zu sehen, ob etwas dran war an der Legende von den sagenhafte Reizen der Huren von Havanna, und um gegebenenfalls einige

Anregungen für ihre kleine feine Firma mit nach Hause zu nehmen. Sie verfiel diesen Reizen sofort und verliebte sich Hals über Kopf in eine bildschöne zwanzigjährige Prostituierte. Sie nannte sie »Cubana«.

»Nichts gegen Männer«, schrieb sie an Ferdinand, »aber Frauen sind doch noch mal etwas anderes.«

»Bring sie mit, ich flehe dich an, bring sie mit«, antwortete Ferdinand, »ich liebe es, wenn sich Frauen umarmen, und es gibt einen so schmerzhaften Mangel an schönen Lesben.«

Lamettas soziale Ader erwachte. Sie fand, die Prostituierten in Kuba verkauften sich unter Wert. Die meisten Kuba-Touristen hatten so viel Schönheit für so wenig Geld nicht verdient. Sie fing an, die Prostitution zu organisieren. Sie brachte den Prostituierten bei, wie man sich rar macht und mehr kassiert. Mit weniger Einsatz die Kunden raffinierter schröpfen. Gegen Ausbeutung und Unterdrückung. *Viva la revolución!* Bei der Gelegenheit verliebte sie sich in einen kaffeebraunen Freier und konnte nicht anders, als sich zusammen mit ihrer neuen Freundin dem prachtvollen Cubano nachmittagelang hinzugeben.

»Nichts gegen Österreicher«, schrieb sie an Ferdinand, »aber die Kubaner sind nicht so elend blass.«

Lametta nahm Cubana nicht mit. Sie blieb bei dem prachtvollen Cubano. Aber drei der schönsten Huren Havannas begleiteten sie nach Frankfurt. Joint Venture, hatte Lametta gesagt, unser Know-how, eure Schönheit, so sind wir unschlagbar. Das umwerfende Havanna-Trio sorgte in Frankfurt bei allen Callgirl-Kunden für höchste

Aufregung, die Umsätze stiegen sprunghaft an, »Der gute Ruf« begann endlich wieder zu florieren. Die lokale Presse schloss Lamettas Edel-Eros-Club wieder ins Herz, die konservativen Zeitungen konstatierten mit wohlwollender Ironie, die linksliberalen mit flammender Begeisterung, dass Kuba nun anfange, sich zu öffnen und für einen Austausch bereit zu sein. Und dass dies in einer Branche geschehe, die mit Liebe zu tun habe, sei ein besonders verheißungsvolles Zeichen.

Reporter besuchten Lametta und fragten: »Stimmt es, dass der Máximo Lider Sie in seinem Landhaus empfangen hat, dass Sie ihm etwas vorgetanzt und anschließend fünf Stunden mit ihm gegessen haben, dass bei diesem Essen die Möglichkeiten eines Prostitutions-Joint-Venture besprochen wurden und dass Ihnen der Máximo Lider einen Orden für Ihre Verdienste im Kampf für die Rechte der Huren von Havanna verliehen hat?«

»Da ist was dran«, sagte Lametta den Reportern und zog ein Bändchen mit einem hässlichen, üppig gravierten Ansteckaler aus der Schublade: »*Para Lametta lasciva, la famosa Furia de los huevos duros, la flor de Habana – de Fidel*»: von Fidel für Lametta Lasziv, die berühmte Furie der harten Eier, die Blume von Havanna.

20. Lametta santissima

Neun Monate später brachte Lametta, geboren vor 36 Jahren in Frankfurt an der Oder, in Frankfurt am Main ein gesundes Töchterchen zur Welt. »Lamettina«, sagte Lametta und lächelte. Auch Ferdinand lächelte und sagte: »Also gut, das nächste Balg mach ich dir – obwohl ich ein so süßes braunes nicht hinkriege.«

Der »Laden«, wie sie ihren Callgirl-Ring nannten, lief nun dank dem deutsch-kubanischen Joint Venture und den kaffeebraunen Schönheiten besser denn je und konnte einem seriösen Pächter überlassen werden.

Noch einmal kam es zu einem Deal zwischen Lametta und Lupus, dem Ex-Spitzel. Dank den ungewöhnlichen Reizen des Havanna-Trios hatte der nicht mehr masochistische Brauereibesitzer das jahrelange Fehlen von Lamettas einst so wohltätigen weihnachtlichen Liebesdiensten verwunden. Er war nun ein treuer und spendabler Kunde im erlesenen Club. Sein Sohn ließ sich von den exotischen Schwärmereien des erotisierten Vaters anstecken und wollte die Wonnen Havannas an der Quelle erkunden. Er machte eine Reise nach Kuba, trank ein Glas Rum-Gemix, verursachte einen Unfall, kam ins Gefängnis und wurde zu lebenslanger Zwangsarbeit verurteilt. Der Brauereibesitzer flehte Lametta wie in seinen masochistischsten Tagen an, helfend einzugreifen: »Bitte, bitte, bitte – nur du kannst uns helfen.«

Es war nicht einfach. Selbst als Trägerin einer exquisiten Auszeichnung von des Máximo Liders Hand biss Lametta auf ihr von früher vertrauten erzkommunistischen Granit. Wer ehrwürdige Bürger eines der letzten revolutionären Staaten verletzt, wird rasch vom Touristen zum Klassenfeind. »Die kubanischen Behörden stellen sich total D-D-R an«, sagte sie zum Brauereibesitzer. Doch Lamettas Ehrgeiz war groß, und schließlich gelang die Befreiung mit Hilfe von Lupus, der alten Stasi-Drecksau. Der kannte aus besseren Tagen noch kubanische Schlüsselfiguren. Und als er hörte, dass der Vater des Häftlings Brauereibesitzer war, begriff er seine Chance. Eine Million kassierte er für sich. Eine weitere war nötig, um Dutzenden von kubanischen Beamten das Augenzumachen zu ermöglichen. Als Lametta dem Brauereibesitzer die Rechnung präsentierte, wurde er blass. »Ich hoffe, vor Freude über die Freilassung deines Sohnes«, sagte Lametta nur.

Ihre Vermittlerrolle blieb dem Auswärtigen Amt in Berlin nicht verborgen, und so kam es, dass Lametta ab und an einen Termin beim einst geohrfeigten Außenminister hatte, der sie mit vielfach gefalteter Stirn darum bat, ihren Charme, ihre Verbindungen und ihre Diskretion einzusetzen, wenn es darum ging, von Ländern mit widerspenstigen Regierungen Touristen frei zu bekommen, die sich unvorsichtig verhalten hatten. »Was müssen diese deutschen Idioten sich auch überall auf der Welt breit machen«, schimpfte Lametta, »sollen sie doch schmoren!« Sie nannte den Minister ein Weichei, intonierte ein paar Takte ihres alten Rap-Songs, und der Minister sang selig lächelnd mit: »Ich schäm mich so! Ich schäm mich so! Ich will kein Weichei sein, ich will kein weiches Ei sein! Kein oberfeministischer Frauenversteher … Ich will ein hartes Ei sein, ich will ein hartes Ei werden.« Dann schwor ihr der Minister, in Zukunft etwas mannhafter auf den Bühnen der Weltpolitik aufzutreten, und Lametta sagte: »Also gut, Schätzchen, dann versuche ich diese Figuren noch einmal freizubekommen.«

Sie zierte sich, aber natürlich machte ihr die Aufgabe Spaß. Es war ihr Metier. Sie zog enge kurze Kleider an und ließ ihre kriminellen Verhandlungspartner ihre von Jahr zu Jahr hübscher gewordenen Knie und ihre völlig parallel aneinander gelegten Schienbeine sehen. Sie ließ Zigarettenschachteln fallen, sagte: »oh!«, und beobachtete, wie kolumbianische Staatssekretäre und chinesische Parteibonzen sich zu ihren Füßen bückten und ihre ebenfalls von Jahr zu Jahr eleganter gewordenen Fesseln kurz aus der Nähe betrachteten. Sie genoss es, die geforderten Gegenleistungen dieser Schießbudenfiguren so lange zu überhören, bis sie ihr akzeptabel erschienen. Und sie genoss es, nach erfolgreichen Verhandlungen in Berlin davon zu berichten und dem deutschen Außenminister Nachsitzen im kochenden Wasser zu verordnen, weil er noch immer kein hartes Ei geworden war. Sie tat es im Beisein mehrerer seiner Berater und Mitarbeiter, und die kicherten und klatschten, und der Minister kratzte sich verlegen am Kopf.

Sie fragte ihn, ob er nicht einen Anlass erfinden könne, sie nach Österreich zum Chef der dortigen Liberalen zu schicken. »Diesem Widerling würde ich so wahnsinnig gern in die Eier treten oder wenigstens meine Handtasche in die Visage schlagen«, rief sie, vollführte die Aktion pantomimisch, und dem Minister und seinen Männern wurde es etwas bang. »Mal sehen, was sich machen lässt«, sagte der Minister. Da nannte ihn Lametta einen »runzeligen Diplomatenarsch« und ging ab.

In ihrem Kampf gegen die Ausbeutung der Prostituierten ließ Lametta nicht locker. Wenn sie in Ferdinands Gegenwart mit einem gewissen Stolz von ihrem Engagement sprach, lächelte er und erinnerte sie daran, dass ihr Einsatz so selbstlos auch wieder nicht war. Denn die prächtigsten Prostituierten warb sie bei der Gelegenheit für ihren mittlerweile legendären »Frankfurter Ring« ab, wie sie ihr blühendes Callgirl-Vermittlungsunternehmen manchmal nannte, auf dessen Dienste inzwischen Hollywood-Schaupieler und Ölscheichs dankbar zurückgriffen. »Lach mich nicht aus, bei mir haben es die Huren wirklich gut«, sagte sie zu Ferdinand, hob die kleine krabbelnde kaffeebraune Lamettina auf ihren Schoß und küsste das Kindlein.

Zusammen mit Ferdinand und Lamettina reiste Lametta einmal an die italienische Adriaküste, weil sie sich vor Ort über den berüchtigten Straßenstrich von Rimini informieren wollte. Als sie nach einem schönen familiären Tag am Meer auf einer Piazza zärtlich die kleine Lamettina herzte, verklärten sich die Blicke der alten Italienerinnen: »*Come la Madonna santissima col bambino*«, sagten sie gerührt. Wie die heilige Muttergottes mit dem Jesusknaben.

»Sag doch was«, bat Lametta ihren Ferdinand, und der klärte die verzückten Alten freundlich auf: »*E una femmina, una bambina*«, sagte er und küsste die Füßchen der kleinen Lamettina – es ist ein Mädchen. Dann deutete er auf Lametta: »*E questa signora bellissima non è la mamma Maria santa, non è santissima.*« Diese schöne Signora ist nicht die heilige Mutter Maria, sie heißt Lametta und ist zum Glück unheilig, ruchlos und profan: »*Si chiama Lametta, e fortunatamente la mamma Lametta è empia, profana.*« Die Alten bekreuzigten sich, und Lametta bestätigte ihre Gottlosigkeit: »*Si, non sono santissima, sono Lametta profanissima.*«

Dennoch nannte sie Ferdinand nun gelegentlich aus Spaß »Santa Lametta« oder »Lametta la Mamma«. Obwohl Lametta eine vorbildliche Mutter war, litt sie unter dieser mütterlichen Bezeichnung, drückte die kleine Lamettina Ferdinand in den Arm, verließ nach dem Abendessen das Hotel und ließ sich mit einer Stretchlimousine auf der Küstenstraße den Straßenstrich entlangfahren. Mitten in der Nacht kam sie mit sechs bildhübschen jungen russischen und sechs bildhübschen sudanesischen Mädchen ins Hotel zurück und wurde einmal mehr zur Furie, als man den zauberhaften Geschöpfen keine Zimmer geben wollte.

Die hässlichen russischen Zuhälter, die in den freundlichen italienischen Restaurants durch Unfreundlichkeit auffielen und dadurch, dass sie ihre speckigen Kartoffelkörper in viel zu enge Jacketts pressten, humpelten in den nächsten Tagen häufig und hatten blaue Augen. Bald verschwanden sie aus Rimini und den anderen Städten der Adria, und die Mädchen auf dem Straßenstrich warteten nicht mehr so desolat auf ihre Freier.

Die Italiener waren begeistert. »*Mamma Lametta fa vendetta*« titelte eine Zeitung – Mutter Lametta übt Rache. Ein Foto zeigte Lametta mit der kleinen Lamettina auf dem Arm. Stolz lächelnde Prostituierte mit langen Beinen und kurzen Röcken umringten die »Rächerin von Rimini« so, wie auf Altarbildern die Jungfrauen um Maria mit dem Jesuskind herumstehen.

In einem Fernsehinterview wurde Lametta gefragt, ob sie wisse, dass »*lametta*« auf Italienisch »Rasierklinge« bedeute – *lametta da barba, lametta da rasoio.* »Nein«, sagte Lametta, aber das bringe sie auf eine Idee: Wie Judith sich mit ihrem Schwert bei Holofernes eingeschlichen habe, so werde sie sich beim italienischen Staatspräsidenten einschleichen. Sie werde ihn zwingen, vor ihr auf die Füße zu fallen, und dieser kleinen grinsenden Ratte in der Nacht mit einer Rasierklinge den Kopf abschneiden. »Lametta santissima«, sagte sie und ahmte mit dem heiligen Superlativ genüsslich die Schärfe der Klinge und den tödlichen Schnitt nach.

Solche Töne war das italienische Fernsehen nicht gewohnt. Da auch dieser Sender, wie fast jeder, dem italienischen Ministerpräsidenten höchstpersönlich gehörte, wurden sämtliche Mitarbeiter fristlos entlassen. Lametta und Ferdinand verlängerten ihren Italienurlaub, um bei der Protestkundgebung der Gewerkschaft in Rom teilzunehmen, auf der Lametta eine flammende Rede hielt. Unter dem Jubel der Ministerpräsidentenhasser sprach sie mit einer Rasierklinge in der Hand wie die triumphierende Judith in der barocken Oper: »*Attenzione, vengo, Silvio, malfattore perfido, uovo morbido disgustoso!*« – Pass auf, ich komme, Silvio, du perfider Übeltäter, du widerliches Weichei. An Weihnachten, rief sie in die begeisterte Menge, werde dem Präsidenten, diesem mafiotischen Medienwürstchen, nicht das Christkind einen Besuch abstatten, sondern die heilige Lametta mit der scharfen Klinge: Lametta santissima.

Zweiter Epilog

Der deutsche Außenminister soll Lametta wegen ihres Auftritts in Rom zur Rede gestellt haben. Es wird dementiert, dass das blaugrüne Auge des Ministers mit dieser Rüge in Zusammenhang steht. Der Minister sei bei einem morgendlichen Auslauf gestolpert, hieß es von amtlicher Seite.

Wie ernst der italienische Ministerpräsident Lamettas Drohung nahm, zeigt die Tatsache, dass er die Anzahl seiner Leibwächter verdreifachte und keinem von ihnen Weihnachtsurlaub gewährte. Außerdem ließ er sämtliche Rasierklingen aus dem Angebot seiner Supermarktketten nehmen und kaufte weitere Supermarktketten auf, um noch mehr Rasierklingen vom Markt verschwinden lassen zu können.

Ferdinand schrieb daraufhin nach dem »Weichei« seinen zweiten großen Rap-Hit mit dem Titel »Silvio, o Silvio, sterben wirst du sowieso« – ein Song, in den das berühmte testamentarische Donnerwort singsangartig eingearbeitet ist: »Wer nicht durch die Rasierklinge umkommen wird, wird durch die Feder gerichtet werden.« Nach Ansicht der einen Musikkritiker wurde damit der Hip-Hop endlich re-politisiert, nach Ansicht der anderen zu einer Gebetsmühle umfunktioniert.

Wer nicht hören will, muss springen
über meine scharfen Klingen.

Will der Delinquent den Sprung nicht bringen,
lässt er dazu sich nicht zwingen,
kann das sein Leben auch nicht retten,
da gelten alle Wetten.
Silvio, Silvio –
sterben wirst du sowieso.
Willst du fliehen, so flieh.

Lametta ist so scharf wie nie.
Sie zwingt dich in die Knie.

Kann Klinge diesen Hals nicht ritzen,
– santissima und voller Tücke –
dann kommt die Literatenmücke
mit der Feder, dieser spitzen –
und das Blut wird spritzen.

Das Image des »Clubs«, des »Ladens«, der »Firma«, des »Frankfurter Rings«, – wie immer man auch die Callgirl-Vermittlung von »Lametta Laszív – Der gute Ruf« nennt, glänzt wie noch nie zuvor. Die Stadt Frankfurt erwägt, diesem »Frankfurter Ring« einen Orden für multikulturelle Verdienste und für seine Erfolge im Kampf gegen die Ausländerfeindlichkeit zu verleihen.

Ferdinand und Lametta, ist zu hören, planen eine Reise. Wo soll es hingehen? »Ein wenig in die weite Welt hinaus«, sagt Lametta. »In die Welt hinein«, sagt Ferdinand. Einige Mitarbeiterinnen im Club behaupten, die verehrte Chefin sei schwanger, und diesmal könnte Ferdinand der Vater sein.

Editorische Notiz

Als zehn Tage vor Weihnachten 1996 *Lametta Lasziv* in der schmalen Urfassung in den Buchhandel kam, hatten nur wenige Rezensenten und Feuilletonredaktionen Lust und Gelegenheit, auf die »hinreißende pornosophische Novelle« (*Der Falter*, Wien) zu reagieren, die ohne Vorankündigungs-Tamtam und Pressemitteilungen gleichsam aus dem Hinterhalt erschienen war.

Nur einige wache und zu schnellen Reaktionen fähige Zeitungen und Rundfunkanstalten konnten das als »kleiner festlicher Roman« daherkommende Buch noch würdigen, von dem einige Stimmen behaupteten, es sei das beste, das von Westphalen je geschrieben habe – ein Kompliment, das den Autor im Interesse seiner anderen zwanzig Bücher nicht erfreute, sondern derart wurmte, dass er, kaum war die erste Auflage verkauft, *Lametta Lasziv* verärgert vom Markt nahm – und eine Neuauflage untersagte – sehr zum Verdruss der ostdeutschen Leser. Denn ganz anders als die Leser im Westen, die das Buch als schicken Weihnachtsporno flott konsumierten und ebenso flott wieder vergaßen, erkannten die Leser in Thüringen oder Sachsen, in Brandenburg oder Pommern in der Figur der Lametta Lasziv ihr leuchtendes Vorbild. Binnen kurzer Zeit war Lametta zur »Kultfigur des Ostens« (*Thüringische Allgemeine*) geworden, zur »Schutzheiligen der neuen Bundesländer« (*Leipziger Volkszeitung*), zur »Rächerin der erniedrigten und beleidigten Ostdeutschen, die als Stellvertreterin die verkommenen Westdeutschen mit Schwung über den Tisch zieht« (*Potsdamer Morgenpost*). *Lametta-Lasziv*-Lesungen, die von Westphalen in der Vorweihnachtszeit der Jahre 1996 bis 2000 in Dresden, Erfurt, Leipzig, Potsdam, Rostock, Schwerin, Weimar und Halle abhielt, waren sämtlich ausverkauft und dauerten im Schnitt drei Stunden, weil der Autor genötigt wurde, gewisse triumphale Ost-Passagen wieder und wieder vorzutragen.

Dennoch: Was eine Wiederauflage betrifft, blieb von Westphalen fünf Jahre lang hart. Für das schmale Buch wurden in Ost-Antiquariaten bis zu 150 Mark bezahlt. Im Westen kursierte ein Edelraubdruck mit pornographischen Illustrationen, der eine Zeitlang für 380 Mark im Internet angeboten wurde. Filmproduzenten gaben sich bei von Westphalen die Klinke in die Hand. Schauspielerinnen, die auf die Rolle der Lametta aus waren, sollen in originalen Lametta-Laszív-Kleidern beim Autor vorgesprochen haben. Alles vergeblich.

Was den Autor schließlich bewog, dem Drängen diverser Verlage nach einer Neuauflage nicht nur nachzugeben, sondern diese Neuauflage auch noch um wesentliche Teile zu erweitern, ist einem Interview zu entnehmen, das er im Anschluss an eine Lesung im Sommer 2001 in Weimar dem *Weimarer Landboten* gab, dem das erweiterte Manuskript bereits vorlag.

Weimarer Landbote: Sie wollen doch nicht etwa behaupten, es gebe Lametta wirklich?

Westphalen: Natürlich behaupte ich das. Ich bin kein großer Erfinder. Es gibt ein Vorbild. Eine großartige Frau.

Weimarer Landbote: Uns ist kein Etablissement mit dem Namen »Lametta Lasziv« in Frankfurt bekannt.

Westphalen: Ich bitte Sie. Ich werde doch nicht die wirklichen Namen verwenden. Ein bisschen Phantasie muss schon sein. Der von mir erdachte Name ist übrigens besser. Die Frau, die für Lametta Modell stand, hieße lieber wirklich so.

Weimarer Landbote: Hat sie den Außenminister geohrfeigt?

Westphalen: Klar. Fragen Sie ihn, er wird Nein sagen.

Weimarer Landbote: Und warum tragen Sie sich nun mit dem Gedanken, den Roman in erweiterter Form doch wieder herauszubringen?

Westphalen: Es ist kein Zustand, dass man im Osten über hundert Mark für dieses Büchlein ausgibt, das beschämt mich.

Weimarer Landbote: Was würde eine Frau wie Lametta zum Ende der D-Mark und zur Einführung des Euro sagen?

Westphalen: Sie spricht, seit das aktuell ist, nur noch von »Dukaten«. Wenn Sie die Fortsetzungspassagen lesen, werden Sie Ihre Frage beantwortet finden. Sie tröstet die Sachsen mit den Worten: »Das spricht sich auf Sächsisch auch nicht schlecht aus: Oiro.«

Weimarer Landbote: Halten Sie *Lametta Lasziv* auch für ihren besten Roman, wie der Kritiker der *Jenaer Blätter*?

Westphalen: Das ist doch wohl Ostzonen-Humor! Ich kann das Buch übrigens selbst nicht als Roman empfinden. Für mich ist es ein Tatsachenbericht.

Weimarer Landbote: Sie geißeln darin die westliche Dekadenz.

Westphalen: Nicht so pathetisch bitte.

Weimarer Landbote: Die etwas flaue Haltung der sonst so entschlossenen Lametta in Sachen Stasi-Vergangenheit geißeln Sie jedenfalls nicht.

Westphalen: Das steht mir als Westmensch nicht zu. Vielleicht aber sind es auch die Vorwürfe der Ostvergangenheitsaufarbeiter und Schlimmfinder gegen die Nichtsoschlimmfinder, die mich gereizt haben, den Bericht fortzuschreiben. Bei dem 1996er Happy End stehen zu bleiben, ist auch ein bisschen langweilig. Die makellose und erfolgreiche Figur der Lametta könnte ruhig ein paar Flecken bekommen, dachte ich mir.

Weimarer Landbote: Flecken? Flecken an Lametta können wir kaum erkennen.

Westphalen: Wenn Sie das Vorbild meiner Lametta kennen würden, wüssten Sie, warum. Man kann einer solchen Frau nichts übel nehmen.

Mit der vorliegenden fortgeschrieben Ausgabe ist *Lametta Lasziv* auf den aktuellen Stand gebracht. Die Urfassung wurde durchgesehen, und behutsam wurden einige Fehler verbessert. Ansonsten wurde der Text belassen – ein Gebot des philologischen Editionsethos. Die Erweiterung des kleinen Romans gewährt nun neue Einblicke in das Leben einer vorbildlichen Frau, die kein Leser der Urfassung für möglich gehalten hätte.